疾風の女子マネ！

まはら三桃

小学館

疾風の女子マネ！

装丁　坂川朱音（krran）
装画　ヒラノトシユキ

1

質問に答えたとたん、相手の顔がこわばったのが、咲良《さくら》にはわかった。質問は、部活動の選択についてで、咲良は正直に答えた。にっこり微笑《ほほえ》んで。そうしたら、相手は声だけ取りつくろうように高くしたのだった。

「え？　マネージャー？　そうなんだ」

この子の名前はたしか弥永《やなが》さんと記憶していた。前の席の子だ。入学したばかりの教室には、席が五十音順に並んでいる。湯田咲良《ゆださくら》の席は窓際のいちばん後ろ、つまり出席番号の最後尾で弥永さんはそのひとつ前。

弥永さんは前に向きなおり、それきり体をひねらなかった。

マネージャー志望の女子が、同性からはあまりよく思われないことは咲良も知っている。たいていは「男子にちやほやされたいだけ」と、さげすみの感情を持たれる。弥永さんの目は素直に「男狙いだな」と言っていた。

正解。

女子高生が男子にちやほやされて楽しくないわけがない。まるで女王さまのような気分だろう。

しかもそのうえで、前途有望《ぜんとゆうぼう》な男子を捕《つか》まえられたら申し分ない。だってせっかく青嵐《せいらん》学園高校に入学したのだから。

湯田咲良が入学した青嵐学園高校は、県内では有名な私立高校だ。特別進学コース、進学コース、スポーツコースからなる大規模校で、特に昔からスポーツでは大きな成果を上げている。甲子園、花園、国立のいずれも常連で、最近では水泳部から数人のオリンピック強化選手が出ている。また、特別進学コースでは予備校の通信授業も取り入れていて、昨年度は初の東大合格者二けたを出した。

スポーツと頭脳。まさに将来有望男子のツートップ。

ただし咲良はそのどちらのコースでもないただの進学コースなので、活路は放課後に見出《みいだ》すしかない。そこで、より男子に密にかかわれるマネージャーに勝負をかけることにしたのだ。

部活の説明会があったのは三日前だ。集められた新入生の前に、それぞれの部活の代表たちが登場した。ラグビー部はユニフォーム姿でパスをしあいながら、サッカー部は全国選手権の曲に替え歌をつけて部活動の特色などを説明し、ステージに並びきれないほどの野球部は、ほぼ全員がトロフィーや楯《たて》や賞状を持っていた。

咲良はそれらを熱心に見つめた。どこの部活のマネージャーをするべきか。まず消えたのは野球部だった。有望な男子の筆頭と考えられる野球部だけれど、丸坊主は好みではないのだ。それにあの強さでは練習も厳しそうだ。おそらく保護者もうるさいだろう。

咲良が望んでいるのは心地よさであって、多忙や我慢《がまん》ではない。

次に消えたのがラグビー部。パスが回ってきた部員の一人が「誰か洗濯《せんたく》してくださーい」と叫んだのが決定打になった。どろどろに汚れたジャージを洗うなんてまっぴらだ。同じ理由でサッカー部も消えた。ビジュアル的に好みの人は多かったけれど、やっぱり苦労はしたくない。替え歌の歌詞に、「たゆまぬ努力で勝利をつかめ」とあったのを咲良はきき逃さなかった。

そんな咲良の心を捕らえたのが、水泳とバスケットボール。水泳部の選手はほとんどが市内のスイミングチームに入っているので、マネージャーは学校としての大会について行って、記録をつけるだけという。日常的にあまり接点が持てないのは残念だけれど、マネージャーの立場を使えば、プールの見学はできそうだ。もちろん洗濯もない。

バスケットの方は、スポーツとしての将来性はよめないものの、特進コースの生徒で構成されているときいた。こちらは有望株の王道の秀才たち。

「バスケか、水泳の」

二度と振り返らない弥永さんの背中に向かって、咲良はひとりつぶやいた。


放課後。咲良は洗面所で髪《かみ》を整え、マスカラとリップクリームを塗《ぬ》りなおした。まずはバスケ部の練習風景を見に行くつもりだ。本当は、ファンデーションも塗りなおしたいところだったが、先輩女子に目をつけられるのも不利なので、自制した。邪《よこしま》な動機しかない咲良にだって、それくらいのわきまえはある。

昇降口で靴《くつ》をはきなおし、外へ出た。中庭の奥にある体育館の方へ、歩き始める。

青嵐学園の体育館は二つあり、第一が中庭の手前、第二がその少し奥にあった。体育館では、男女の室内競技の部活が場所をシェアして使用していて、男バスは第一体育館で練習をしていると記憶していた。

「あえいうえおあお」

「かけきくけこかこ」

中庭には発声練習の声が響き渡っていた。演劇部か放送部だろう。咲良は声の中をつっきるような小走りで体育館へ向かった。

が、その途中で咲良の足は止まった。発声練習とは違う声がきこえてきたからだ。

第一体育館の方からだった。扉が開けっぱなしになっている。中の様子は見えないけれど、だしぬけに記憶の中の風景が、咲良の胸を横切った。フラッシュみたいなスピードで。

え？　なんで？

第一体育館からあふれ出てくる気配は、バスケットのものではなかった。同時に足が急に固くなる。磁石みたいに地面から離れない。

と、そのとき。

びゅっ。

目の前で風が立った。はっと我に返った咲良が視線を向けると、背中が見えた。突風の発生源だろう。ランニングシャツに浮き出た肩甲骨《けんこうこつ》と、腰《こし》のあたりまで跳《は》ね上がるシューズの裏がやけにくっきりと見えた。だんだん遠ざかって行くのに、迫ってくるみたいな迫力だ。ふっと咲良の意識は切り替わった。

なんか、かっこいいんですけど。

ＤＯＵＭＯＴＯ

ユニフォームの背中のローマ字を、迷わず咲良は追いかけた。

「ちょっ、ちょっと待って」

　追いかけている間、何度か咲良は叫んでみたが、相手には届かなかったようだ。もしかしたらシカトされているのかもしれないが、咲良はあきらめずに走った。行き先の見当はついていた。相手が着ているのは陸上部のユニフォームなのでグラウンドに行くのだろう。

「え？　どこ行くの？」

　ところが相手は裏門の方へ向かった。ということは、このまま学校の周りでも走るのだろうか。いくらなんでもそれを追いかけるのはしんどすぎる。

　咲良の脚は力を失いかけたが、相手が裏門から続く階段を駆《か》け上がり始めて、また持ちなおした。階段の先には運動公園があることを知っていたのだ。咲良の教室がある四階からよく見える。市立の公園で午前中はお年寄りたちがグラウンドゴルフをしている。

　陸上部の練習場所だったんだ。

　階段を駆け上がりながら咲良は初めて知った。正直なところ、陸上部にはあまり興味がなかった。部活紹介もよく覚えていない。華々しい成績を上げている青嵐学園の運動部の中にあって、陸上部の名前はきいたこともない。

足元を確かめながら、咲良は階段を二段抜かしで駆け、上り切ろうとしたときだった。

「わっ」

とたんに足が止まった。見上げたところに人がいたからだ。壁《かべ》にはばまれるような形になったが、おずおずと近づいてみる。

紺色《こんいろ》のジャージ姿の女子だった。壁のように見えたけれど、案外小柄だ。駆け上がってきた咲良になにごとかという顔をした。

「い、いえ。ちょっと見学に」

咲良は取りつくろうように言った。

「入部希望？」

「入部、と、いうか……」

言葉を濁《にご》しながら咲良はグラウンドを見やった。

たちまち目が、さっきの風を捕まえた。ウォーミングアップをしているのだろうか。両ももを高く引き上げながら、リズムをつけて走っていた。咲良はにやりとした。やみくもに追いかけてきた背中だったが、予想以上にかっこよかった。すらっとスレンダーで、身長も百七十五以上はありそうだ。しかも遠目からでも顔立ちがシャープで、自分好みなのがわかった。

「マネージャー希望ですっ」

咲良は大きな声で宣言した。

「……マネージャー」

女子は平たい声で繰り返した。語尾は上がらなかったので、疑問でも確認でもないみたいだ。だが、

「いらん、いらん」

ふいに大きな声がした。見ると、すぐわきに、辛子色《からしいろ》のジャージ姿の男の人が立っていた。お腹《なか》がぽっこり出ている中年男性には、うっすらと見覚えがあった。たしか、どこかの学年の体育教師だ。新入生対象のオリエンテーションのときに前に立っていたような気がするが、名前は覚えていなかった。なにしろあのとき紹介されたのは、教師や学校事務員など、八十人近くのすべてのスタッフだったのだ。しかも先生にはさして興味はなかったし。

「大熊《おおくま》先生」

「ぶっ」

記憶の隅《すみ》にもなかった名前を女子が呼んで、咲良は思わず噴《ふ》き出した。ジャージのお腹につい目が行ってしまう。大熊という名前の教師は、年季の入ったプーさんのぬいぐるみみたいだ。

そんな咲良の視線の意図に気がついたらしい先生は、不機嫌《ふきげん》そうな声を出した。

「マネージャーは足りとる」

言いながら傍《かたわ》らの女子を見やった。マネージャーなのだろう。ナチュラルボブで、身長は百六十二センチの咲良より十センチくらい小さい。そのせいか一見中学生のようにも見えるが、見るからに気が強そうだった。特に眼光が鋭い。その光を緩《ゆる》めもせずに、さっきからマネージャーは自分を見つめていて、咲良は思わず目を泳がせてしまう。

「どうせ男狙いかなんかだろう」

言ったのは先生だが、マネージャーからもきこえてくるようだった。

「え、あ、そんな」

「ふん。派手《はで》な化粧して、ばればれなんだよ」

図星をつかれてたじたじとなる咲良を、先生はせせら笑った。

正直、咲良はほっとした。化粧なおしを抑えた努力をくみ取ってもらえなかったのは不本意だが、こんな怖い先輩マネージャーのいる部活なんか、願い下げだ。

「あ、あは。そうですよね。無理ですよね。では失礼いたします」

愛想笑《あいそわら》いをひきつらせあとずさる咲良に、先生の方も、もう一度鼻を鳴らした。そして用は終わったとばかりに立ち去ろうとした。

だが、それを呼び止める声がした。

「大熊先生、待ってください」

咲良は顔の緩みを引きしめた。声の主はマネージャーだった。思わず咲良もあとずさるのをやめた。なにが続くか傾けた耳に、思わぬ台詞《せりふ》が響いた。

「マネージャーの追加をお願いします」

「え？」

一瞬、咲良の顔は固まった。そのくせ、踵《かかと》はくるりと回転しようとした。発せられた言葉の意味を理解する前に、体の方が逃げようとしたらしい。危険回避の本能か。

けれどもそうはいかなかった。腕《うで》が固定されていたからだ。見るとマネージャーが咲良の腕をつかんでいる。

「なんで？」

動きは止められ、咲良は体ごと引き戻された。

「えーっ！」

つかまれた腕を確認して、咲良は大声を上げた。

「追加～？」

冬眠から覚めたばかりみたいな声でき返しながら、先生が引き返してきた。

「それって？」

「こいつのことか？」というように咲良を指さした先生に、マネージャーはしっかりとうなずいた。

「追加はさておき、なんでまた」

「こいつなのか」というように、先生は咲良を見つめた。上から下まで。値ぶみというより、点検するような目だった。実際、

「髪、茶色。まゆ毛、描いとる。まつ毛、上向き加工あり。薬用以外の色つきリップクリーム、はげかけとるが下地化粧あとあり、スカート短い」

ひとつひとつ、声に出して指摘し、

「どこからどう見てもギャルじゃわ。人の世話をしようっていう心意気が感じられん」

と、言い捨てた。そして両腕を組み、わずかに首をひねったのち、先生はもう一度

繰り返した。

「なんでまた」

「もう一人入ってくれると助かるんです」

「だからって、よりによってこんなギャルではなんの役にも立たんだろう。うちの豆しばのバッキーの方が芸くらいする」

「ひどいんですけど」

さすがに咲良はぶすくれた。犬扱いとはひどすぎる。考えてみれば、先生はさっきからだいぶ失礼なことを言っている。

「この人、向いていると思います」

意外な言葉が続いて、咲良は、はっとマネージャーを見た。あいかわらずにこりともしていない。

「体力もありそうですし」

表情と同様の硬い声が抑揚もなく言う。

体力？

「体力？」

咲良がいだいた疑問を口にしたのは先生だったが、その答えを咲良も待った。

「はい。この人、今この階段を一気に上ってきましたけど、汗ひとつかかず、息切れもしていませんでした」

「まさか、こんなひょろひょ、」

おそらく「ひょろひょろが」と言いかけてやめ、先生は細い目を見開いた。視線は咲良の両脚に注がれていた。

「ふむ」

そして軽く納得したような鼻息をもらして、言った。

「まあ、有能なマネージャーの小室直《こむろなお》がそう言うんならな。進藤寺《しんどうじ》もずっと休みだしな」

先生は歩き去った。

なにかが決まったらしかった。確かめてみたかったが、怖いような気もした。いや、実際怖かった。このマネージャーの鉄仮面みたいな顔も、人の体力を見抜く眼力も。そしてなにより進藤寺さんだ。進藤寺さんというのは元マネージャーだった人だろうか。どうして休んでいるのだろう。それはやっぱり、この小室直というマネージャーが怖いからに違いない。もしかして不登校とかになったのかも。

「進藤寺さんって」

せめて休んでいるわけだけでもたずねようとした咲良だったが、

「そういうことだから」

きっぱりとさえぎられた。

「ど、どういうことですか？」

「だから、今日からマネージャーをやってもらうってこと」

「えっ？　今日から？　ちょっと待ってください。私、まだ決めてません。そうです。今日はちょっと見学に来てみただけなんです。ちょ、ちょっと」

言い逃れを試みた途中で咲良は口を閉じた。首が重たくなったのだ。見るとストップウォッチがかけられていた。

「始めるぞー」

グラウンドに先生の野太い声が轟《とどろ》いた。

「行くわよ」

走り出す小室直につられて咲良も足を動かした。抵抗する気力も失せた。ストップウォッチが首に食い込んで、飼い犬にでもなった気がした。

2

あきらめの気持ちとともに連れて行かれた咲良《さくら》を次に襲《おそ》ったのは、衝撃《しょうげき》だった。

「えー、部員はたったこれだけ？」

思わず大きな声が出た。直《なお》から渡された選手の名簿《めいぼ》に書いてあったのは、たった五人の名前だったからだ。

「ここにいるのは、リレーの選手だから」

なんてことないように直は言ったが、これは「男子からちやほやされる」という咲良の本来の目標を達成するには、物足りない人数だ。

最低でも野球なら九人、サッカーなら十一人、ラグビーにいたっては十五人。バスケットは五人だが、青嵐のバスケットチームには付加価値がある。ともかく大人数の男子たちに囲まれるという野望の実現は、この時点で粉砕《ふんさい》された。

無念な気持ちで名簿を眺める咲良に、直は最初の指示を出した。

「選手の名前と顔は今日中に覚えること」

「あの。紹介とかないんですか？　自己紹介的な」

出会いの初めは紹介が基本なのではないかとたずねてみたが、直は軽い鼻息をもらしただけだった。

「覚えられるでしょ。たったこれだけだから」

そっけなく返されて咲良は首をすくめる。さらに直はつけ加えた。

「しかも、すでに一人は覚えてるでしょ」

こわーっ。

どうやら直は、咲良がDOUMOTOを追いかけてやってきたことに気づいている らしい。冗談《じょうだん》のつもりかもしれないが、顔がいっさい笑っていないのが恐ろしい。足先から一気に冷気が巡《めぐ》って息が止まった。急速冷凍みたいになった咲良の耳に、とどめが刺される。

「言っておくけど部内の恋愛は禁止だから」

こめかみに釘を打ち込むような声だった。咲良は息を止めたままうなずくしかなかった。

向こうから大熊先生の声がした。

「おーい、小室、タイム頼む」

「はいっ」

直はそれに歯切れよく答えて走り出す。

取り残された咲良は、なんとか呼吸を取り戻した。今頃になって背中を汗がつたった。

有能なマネージャー小室直。

さっきの大熊先生の評価がよみがえる。第一印象からしてびくついたが、たたみかけるようなあの恐怖はなんだ。体は小さいくせに威厳《いげん》があり、表情も口数も少ないのに強烈な圧迫感がある。そして、あの洞察力。

咲良は、こめかみを押さえながら、もらった名簿とグラウンドを照らし合わせた。

一走　天《あま》野《の》走介《そうすけ》（三年）細眉、短髪のツーブロックヘア。明るくきさくなチャラ男。キャプテン。

二走　堂本《どうもと》大翔《ひろと》（二年）推定身長百七十八センチ。クールな目元。

三走　大黒《だいこく》光一《こういち》（三年）眼鏡《めがね》男子。堂本くんより長身。チタンのネックレスが名前の通りに黒光り。眼鏡もシューズも高そう。お金持ち？　でもちょっと陰険《いんけん》そう。

四走　東平《ひがしだいら》大《まさる》（二年）男子。じゃがいもっぽい。表情は暗いが、シューズバッグにアニメのバッジをつけている。オタクか。

補欠　山下弾《だん》（一年）進学コース、隣の席の山下くん。

家に帰ってから、咲良は紙に書き出してみた。リレーを走っていた順に思い出した五人の名前と顔は、今のところ頭の中で一致していた。それぞれの特徴も書いておく。本当は堂本についてもっと詳しく探りたいところだったが、打ち込まれた釘の痛みでそれどころではなかったのが残念だった。

次の日。咲良は入部届けを出し、練習終わりのミーティングで、部員の前で紹介された。

「新しいマネージャーじゃ」

連絡事項のついでみたいな紹介だったものの、「ちょーかわいい」とキャプテン天野が声を上げたのは気持ちがよかった。堂本と山下の表情は変わらなかったが、大黒はつんとそっぽを向いた。だが咲良は内心手ごたえを感じた。無関心を装ってはいるが気になっているのがわかったからだ。さらに東平の顔にはまんざらでもなさそうな笑みが浮かんだのも、見逃さなかった。直もクールな美人タイプではあるが、二人並ぶと自分の方が圧倒的に目を引くという自信が咲良にはあった。目鼻立ちがはっきりしているし、念入りに手入れもしている。なにより愛想がいい。にこりともしない直の隣で咲良が、

「普通科一年二組の湯田咲良と言います。陸上のことはなにもわかりませんが、よろしくお願いしまーす」

ビッグスマイルで挨拶《あいさつ》をすると、天野が「歓迎歓迎、大歓迎」と大げさな拍手《はくしゅ》をしてくれ、みんなもそれに従った。人数には不満があるものの、求めていた状況は手に入り、咲良はひとまず満足した。

ちなみに入部したばかりの一年生部員は、偶然《ぐうぜん》にも咲良とは同じクラスの山下だった。しかも隣の席同士。もっとも坊主頭の山下には興味がなかったので、視界に入っているだけの男子ではある。

それにしてもと、咲良は部員を改めて見渡す。どう数えても目の前にいる部員は五人だけだ。

「あの、昨日から思ってたんですけど、陸上部ってこれだけですか」

野球やサッカーとまではいかなくても、陸上だって人気スポーツだ。特にマラソンは、オリンピックの華とまで言われている。咲良の質問に、大熊先生は首を横に振った。

「まさか。青嵐の陸上部は、三十人ほどの部員がおるわ」

どこに？

眉を寄せる咲良に、大熊先生はにたっと笑いかける。

「ここはな、秘密の訓練場所なんじゃ」

「秘密？」

「ほうよ。ここはリレーに特化した練習場所なんじゃわ」

と説明を始めた。短距離競技には、100メートルから400メートルまで、個人のスピードを競うものと、100メートルと400メートルのリレーがあるのだそうだ。リレーはどちらも四人でバトンをつなぐ。ここにいるのはそのうちの100メートルリレーのために集められた部員らしかった。普段はそれぞれ、ハードルや短距離の選手もしているという。陸上部にはほかにもマネージャーはいるが、咲良は直とともにこのリレーチームを専門に任されることになるという。

「リレーはバトンパスのわずかな差で、勝敗が分かれる。うちの陸上部はこれまで個人の成績は良くても、リレーは勝てんじゃった。それで去年から強化チームを作って、秘密の練習場所で練習をしとるんじゃわ」

秘密ねえ。

咲良はまだ明るいグラウンドを見渡した。ベンチで話している老人がいて、犬の散歩のおばさん同士が挨拶を交わしている。そろそろ小学校が終わった時間らしく、隣接の児童公園からは子どもの声がきこえ始めていた。なにしろここは市立公園だ。

「ロンドンでも、リオでも、日本はメダルを取ったじゃろう？　あれはバトンパスのテクニックが物を言うたんじゃ。日本人の緻密な性格には、バトンパスが合《お》うとる」

そう大熊先生はほくほくと語り、念を押すように言った。

「慣れんうちはマネージャーも大変じゃろうけど、今年はみんな特にやる気じゃけえ、頑張れな。くれぐれもな」

そしてギロリと目を光らせた。


家に帰って咲良は、足元に置いてあった紙袋を持ち上げた。

「重たっ」

ずっしりと入っているのは資料だ。これまでの選手たちの記録や、一年間の大会スケジュールが書かれた要綱《ようこう》。さらに競技に関する本が何冊も入っている。

「これ、きちんと把握《はあく》しておいて」

帰り際、直に手渡されたものだった。

〝把握〟の意味は咲良も知っているが、紙袋は言葉の意味そのままに重たかった。

まずノートを取り出してみた。普通の大学ノートで表紙に記録ノートと書いてある。

きれいな字だ。

「わお」

めくってみたノートの中身もさらにきれいだった。タイトル通り、選手たちのタイムが記録されているノートらしいが、二本の直線で縦にしきってあり、選手の名前とタイム、さらには簡単なコメントが書いてある。堂本や大黒の名前もある。タイムの基準はわからないので、咲良はコメントを読んでみた。

堂本の欄には、

〝体が少しゆがんでいるのが、わかった。さりげなく伝えること〟

とあり、天野の欄には

〝腕の振り方がちょっと変だったので、フォームの写真を撮って見せたら納得してくれた。かっこよく走ってよと言ったら、ぐんとよくなった。〟

と書いてあった。また、大黒の欄には、

〝脚の蹴りについて先生からきつめの注意。要フォロー。めげちゃいけないよ。〟

とこぶしの絵文字が添えてあった。

「なにこれ、めっちゃやさしいんですけど」

咲良は思わずひとりごちた。ほかの選手に対するコメントもそれぞれ丁寧《ていねい》で、気持ちがこもっていた。

これを直さんが？

咲良は思わず首をかしげてしまう。直の性格は、昨日の第一印象と、今日のたかだか小一時間でだいたいわかった。

厳しく冷たく、そして鋭い。その直がタイムをきっちり記録するのはまだしも、こんなに温かなコメントを書くとは思えない。

パラパラとめくってみると、記録者はやはり直ではないことがわかった。数ページあとに、

〝直を黙《だま》らせてしまった。直ごめん。〟とあったからだ。

ということは。

第三者の存在を考えて、咲良は思い出した。

「進藤寺さんだかだっけ」

大熊先生が言っていた珍しい名字の人だろう。

「黙らせたってことは、怒らせたのかな？」「ごめん」とあるし。

さらにページをめくると、それを物語るように間もなく記録は中断されていた。最後の日付は、三月八日。

思わずぞくっとしてしまう。

怒った直が有無を言わさずノートを取り上げたのかもしれない。それで部活に出てこなくなったのかもしれない。

「こわーっ」

咲良は大げさに身を縮めた。

3

「遅いわよ」

扉の開いていたマネージャー室をのぞいたとたん、矢のような声が飛んできた。確かめるまでもなく言ったのは直《なお》だ。

「すみません。ホームルームが長引い、」

とっさに口をついた言い訳の途中で、咲良《さくら》は言葉を引っ込めた。目の前を練習着に着替えた山下が通って行ったからだ。マネージャー室は陸上部の部室の手前にある。

「…たわけではないんですけど」

続けた声がしぼんだ。本当はタイミングを計っていたのだ。昨日ノートを眺めてよくよく考えてから、咲良はやっぱり辞めようという考えに思いいたっていた。

堂本はイケメンだけど直が怖《こわ》すぎる。サッカーやラグビーに比べて、肉体労働は少なそうだけれど、直が怖すぎる。天野はのりがよくて楽しそうだけど、直が怖すぎる。ほかの選手たちも当たりはやわらかそうで、こっちのペースでやれそうだけど、直が怖すぎる。大熊《おおくま》先生もあまりうるさくないけれど、やっぱり直が怖すぎる。なんと言っても、もう一人いたマネージャーがいなくなってしまったほどなのだ。これから一緒にやっていける自信など咲良にはまるでなかった。

だから直がグラウンドに行った頃合いを見計らってマネージャー室へ行き、預かったものをそっと返しておこうと思った。都合が悪くなったと書いた手紙を添えて。

なのに、はち合わせしてしまった。

「すみません、遅れました」

咲良はあやまったが、直は返事もせずに荷物の準備に戻った。そのとたん、咲良の体は、弾かれるように動いた。自分でも驚いたが、雑用は後輩の仕事だという鉄則が体に染《し》みついているのでしかたない。自分の荷物はその場に置き、直のそばに飛んで行って、ひったくるようにバッグを取り上げる。

「あ、やります、やります。えーっと、記録用紙と筆記のためのバインダー、鉛筆《えんぴつ》、ストップウォッチが三個、バトンが三本、救急箱にティッシュペーパー、保冷バッグでしたね」

昨日の帰りに教わった、グラウンドに持っていく道具を思い出し、そろえようとする咲良に、

「先に着替えたら」

直は手を止めずに言った。

「着替え？　あ、そうでしたね」

もちろん直は着替えている。昨日と同じ紺色《こんいろ》のウィンドブレーカーとジャージ姿だ。咲良は荷物のところまで戻って、バッグから体操服を取り出した。マネージャーをやる気はなかったが、今日はたまたま体育があった。せっかくならもっとおしゃれなスポーツウェアを着たかったが、しかたがないので体操服を引っ張り出していると、

「それ、もう読んだの？」

直が言った。おそらく紙袋に入っている資料のことだろうが、そっと返しておこうとしただけに、咲良はぎくっとした。慌《あわ》ただしく制服のブレザーを脱《ぬ》ぎながら答える。

「い、いえ。まだです」

「よく読んでね。特に記録ノート」

「あの……」

咲良は、スカートをはいたままジャージに足を突っ込むのに集中しているふりをしつつたずねてみることにした。

「あのノートを書いたのは、直先輩ですか？」

もしかしたら地雷《じらい》が埋まっているかもしれない。さっそく後悔《こうかい》したが、直は意外に冷静だった。

「ううん。もう一人のマネージャー」

言い方こそそっけないままだが、温度のある声ではあった。

「卒業されたんですか？」

首元のリボンを取り、先にブラウスのボタンをはずしておいて、すっぽりと体操着をかぶる。

「ううん。私と同級生だから」

直の返事に、咲良は確信を得たような気分になった。やはり進藤寺《しんどうじ》さんが休んでいる原因は直にあるのだと絶望的な気分になりつつ、わざと声のトーンを上げた。

「そうなんだー。やっぱ三年生になったら、勉強しなくちゃいけないですもんねー」

脱いだブラウスをハンガーに通しながら、カマをかけてみた。が、直から返ってきたのはどこかずれた答えだった。

「速いね、着替えるの」

「え?」

「いえ、なにも。とにかく、あの記録ノートには、選手たちを知るヒントがたくさん書いてあるから。じゃ、残りは持ってきてね」

そう言い残し、直は荷物を持っていったん外に出かけたが、とって返すように体を戻した。

「雨が降るかもしれないから、折《お》り畳《たた》み傘《かさ》も入れておいて」

「え、あ、どこにありますか?」

自分の制服や荷物を片づけていた咲良は、慌《あわ》てて質問を投げたが、すでに直はいなかった。

「もう、どこにあんのよ」

不服な気分で部室内を見渡すと、奥《おく》の壁《かべ》のフックに掛けてあった。二本あった紺色の折り畳み傘に手を伸ばそうとした咲良は、ふとその上の壁にあった帽子に目を止めた。

「借りちゃおう」

じつはさっきから雨よりも日差しの方が気になっていたのだ。四月ともなれば、紫外線の量は増えてくる。さきほど時間をつぶしがてらファンデーションを塗りなおし、UVカットのクリームを首や手に塗りこんだが、髪の毛の対策まではしていなかった。グラウンドに行く気がなかったからだ。

折り畳み傘をバッグに詰めて、帽子を手にする。白いキャップ。かぶってみると誰のものかは不明だが、ぴったりだった。

「いいんじゃない?」

貼《は》り付けてある小さな鏡《かがみ》で確かめると、キャップは思いがけずよく似合っていた。つばが作る影のせいか、あごがシャープに見える。

咲良は気分を取りなおして荷物を持ち、マネージャー室を出た。


走って市立公園のグラウンドに行くと、すでに選手たちは走っていた。五人で列を作り、ランニングのような速さで流している。部員の一団は荷物を持って直のそばに行こうとする咲良にぐんぐん近づいてきた。

「おつかれさまでーす」

声をかけた咲良に、

「お、やる気だな」

天野《あまの》は明るい声を返してくれ、東平《ひがしだいら》と大黒《だいこく》も
「ちーす」

と反応してくれた。山下もいつもみたいな会釈をした。が、堂本《どうもと》の反応は少しおかしかった。咲良の姿を見たとたん、射すくめられたみたいに足を止めたのだ。しかも一瞬、はっと目を見開いた。

え？

思わずその目を咲良も見返し、見つめ合う形になった。

どきん。

と胸がはねた。が、次の瞬間、はねたところに痛みが走った。

「ちっ」

舌うちがきこえたからだ。しかも舌うちをした堂本はねめつけるような目をしている。

なにか言いたげに咲良をにらんでいた堂本は、ふっと息を吐《は》いた。そして思いなお

したように勢いを上げて一団のあとを追って行った。

なにあれ？

咲良はぽかんとした気分になったが、胸《むね》は鈍《にぶ》く痛んだままだった。ときめいたとたんに、つきはなされた気分だった。しかもなにがなんだかわからない。腹立たしいような、恥ずかしいようなとりとめのない気持ちだ。

口をとがらせて歩き出した咲良だが、また足を止めた。今度は直だ。前方にいた直もまた、堂本と同じような表情で自分を見つめていたのだ。場違いななにかを目撃したみたいな顔。

なんだっての？

咲良は自分の体を足元からひと通りチェックしてみた。スニーカー、体操服の上下。右手には救急箱、左手には折り畳み傘。おかしなところは特にない。少なくとも、人の苛立《いらだ》ちをかうような姿とは思えない。

「どうしたんですか」

咲良は直に近づきたずねてみた。いったい自分のなにに注目しているのだろう。

「私どこか変ですか」

たずねた咲良に、直は短い単語を発した。

「帽子」

答えとも質問ともつかない。

「え、ああこれ？　マネージャー室にあったから借りたんです」

「……」

簡潔に答えたつもりだが、直はそれきり黙ってしまった。

「なんか、まずかったでしょうか。折り畳み傘とおんなじところにあったんで、共有物かと思ったんですけど」

さすがに気まずくなり、咲良は言い訳まじりにお伺いを立てる。すると直はようやく口を開いた。

「……今日はいいけど、それ、かぶらないで」

やっとのように言ったあと、すっと目をそらした。

「はあ、わかりました」

あやまるのは不本意だったが咲良は帽子を脱いだ。まるで事情はわからなかったが、そうする方がよさそうだ。

「さあ、始めるぞー」

そのとき野太い声が響いて、大熊先生がグラウンドに入ってきた。

「おー、ちゃんと来とるやないか」

咲良に向かって先生はちょっと意外そうな顔をし、

「小室《こむろ》の圧に負けて、おじけづくかと思ったのにな。なにしろ、小室は静かな悪魔《あくま》やからなあ。サイレントデビル小室」

と、新たな正しい称号をつけていたずらっぽく笑った。


帽子を脱いだ咲良は、タイムを取るためにグラウンドの向こうに走った。五人の選手たちが、二手に分かれて100メートルを走る。咲良は二人分、直が三人分、ひとりずつタイムをとり、記録することになった。

ストップウォッチは黄色いプラスチック素材でデジタル式だ。シルバーの懐中時計みたいな丸型を想像していたが、これなら表示も見やすい。スタートと同時に赤ボタンを押し、ゴールで青ボタンを押せば、タイムが表示される。日常、ストップウォッチを利用することはないけれど、しくみは間違えようがないくらいシンプルだ。

目の前から直が計測する堂本が、グラウンドの向こう側から咲良が計測をする東平がスタートする。走るのは100メートル。トラックの反対側から東平がスタートしたタイミングで赤ボタンを押し、自分の前のゴール地点で青ボタンを押すのが咲良の仕事だ。

一方、咲良の前では堂本がスタートブロックに足を乗せて準備をしていた。帽子を脱いだ咲良をちらっと見たが、なにも言わなかった。

「オン　ユア　マーク」

大熊先生の声が響《ひび》く。最近の陸上競技ではスタート時のかけ声が「位置について、用意、ドン」ではないことを、咲良は昨日初めて知った。ぱらぱらめくった陸上本に書いてあったのだ。オリンピックなどの世界大会ではずいぶん前から英語が使われているらしいが、興味がないので知らなかった。

自分の位置を確かめて、選手が両手を地面につきスタートの姿勢をとった。つい堂本を見たくなる気持ちを抑えて、咲良は東平を凝視《ぎょうし》する。

「セット」

東平の腰《こし》がぐっと持ち上がった。

大熊先生が合図の旗を下ろした、と同時に咲良はストップウォッチを押した。目の前でも風が立った。堂本が走り出したのだ。取られそうになる視線を東平に戻す。

東平は近づいてきた。地面を蹴る音が大きくなる。東平は部員の中ではいちばん体が重たそうなので見くびっていたが、意外にもスピードがあった。しかもどんどん速くなった。咲良だって、小学校からずっとかけっこはやってきたし見てきたけれど、別物のようだった。やはり短距離選手だ。それに目の前で見る分、迫力もあった。いのししみたい。

猪突猛進《ちょとつもうしん》のままゴールする東平に思わず目をつぶり咲良はストップウォッチを押した。

9秒58

デジタル表示を確かめて、記録用紙に書く。

向こうのゴールを見ると、次の天野が咲良に向かってピースサインをしていた。ピースを返していると、

「オン　ユア　マーク」

声が響いて、天野はスタートポーズをとった。

「セット」

咲良は慌ててストップウォッチのリセットボタンを押した。

旗が下りる。スタートボタンを押す。

天野もまた速かった。前傾姿勢から上体をすぐに立て、ぐんぐんスピードを上げてきた。目測でも、さっきの東平よりも速い気がする。見る間に近づいてきた天野は、

ゴール付近で素早く胸を突き出して駆け抜けた。咲良は慌ててボタンを押した。

「タイムどうだった」

天野はすぐに戻ってきた。期待に満ちた顔は自分でも自信があるらしい。

「すっごく速かったです。びっくりしました」

だから咲良も正直に感想を言ったのだが、ストップウォッチを見せると、ぎょっとしたような顔になった。

「ありえねー」

「え、うそ？」

計った咲良も目を見開く。画面には、15秒48の表示。さっきの東平よりもだいぶ遅い。

「あれ、東平先輩は9秒58だったのに」

言った咲良に、天野は思いきりのけぞった。

「それもありえねー」

「ですよね。さっきより速かった気がしたのに」

首をかしげていると、ほかの部員たちも集まってきた。

「おおっ！」

記録用紙をのぞき込んできた東平が大声を上げる。そして、

「やったぞー」

ガッツポーズをふり上げて喜びを爆発させた。

「そんなわけないだろ。ちゃんと計ったの？」

大黒が眼鏡を押し上げて咲良の手元をのぞく。

「はい、ちゃんとボタン押しました」

「本当？」

咲良はうなずいたが、大黒は疑《うたぐ》るような目をした。

感じ悪〜。

「どうしたよ」

もめていると、大熊先生と直もやってきた。

「いや、ダイラが９秒58で」

「世界新だ」

天野の説明の途中で先生は、ぼそっと突っ込み、

「で、俺、15秒48だったらしいっす」

「なんだ、そのおじいさんみたいなタイムは」

続いたタイムには目を剥《む》いた。選手たちからは笑いがもれたので、咲良も思わず笑った。

「ははは。おじいさんだって」

笑ってごまかそうとした咲良の頬を、冷たい声が打った。

「ざけんなよ」

堂本だった。咲良にきつい視線をつきたてたまま続ける。

「俺らは毎回、コンマ零《れい》何秒の世界を競ってるんだ。いい加減な計り方すんな」

しんと周りは静まり返り、咲良は堂本の足元を見つめる。仁王立ちだった。

みんなの前でマジギレって。

自分の失敗よりも、堂本の感じの悪さの方に腹が立った。なにも人前でここまで強く言うことはないだろう。しかも、堂本はねちっこかった。

「だいたい、高校生の100メートルの平均タイムを知らないってことが問題だろ。それでもマネージャーか。ほんとにやる気……」

「堂本、それくらいにしとけ」

堂本はなおも言い募ろうとしたが、大熊先生にたしなめられてやっとやめた。

咲良は唇《くちびる》をかみしめる。

ちょっとでもかっこいいと思ったことを激しく後悔した。いや、かっこいいと思った分のエネルギーまで跳ねもどってきて、堂本への嫌悪感が増した。よく見れば堂本は、意地悪狐《いじわるぎつね》のような顔立ちである。

その目を咲良は息を止めてにらみつけた。一触即発《いっしょくそくはつ》の緊迫感《きんぱくかん》が漂ったところで、大熊先生がパンパンと手を打った。

「さ、切り替えて二本目」

「はいっ」

すると選手たちはさっと散り、咲良は息を吹き返した。


練習の終盤で雨が降り出した。折り畳み傘を持っていくように指示をした、直の気の利きように驚いた咲良だったが、それ以上に驚いたのは、雨が降り出しても選手たちは練習をやめないことだった。むしろ、いっそう気合いが入ったように感じた。きけば試合は、雷や台風ではない限り行われるからだそうだ。だから、どんなコンディションでも実力が発揮できるように、気象のストレスには慣れておくことが必要なのだという。わざと泥《どろ》をつけて走ったりすることもあるのだそうだ。

この日の雨はだんだんひどくなったが、時間まできっちり練習はあった。咲良も雨の中タイムを計った。

最初こそひどい失敗をした咲良だが、二本目からはうまくいった。こっぴどくやられた手前、もう間違うわけにはいかない。全神経を目と指に集中させた。念のため、二本目は直が隣《となり》で一緒に計ってくれたが、いずれのタイムもぴったり一緒だった。

「やればできるじゃない」

直のそっけないほめ方さえ、染み込むほどにほっとした。


「今日は堂本くん、苛立ってたみたいね」

と、直がぽつんと言ったのは、マネージャー室に帰ってきてからだった。

傘をさしていたとはいえ荷物もあり、すっかりぬれてしまった腕や足を拭いていた咲良が顔を上げると、直は棚の上を見つめていた。そこには帽子があった。咲良が勝手に借りた帽子だ。いつのまにか直は、荷物の中から帽子を出して元に戻していたようだ。

咲良はふと思い当たってたずねてみた。

「その帽子なにか理由ありなんですか」

考えてみれば、帽子を見たとたん、堂本の態度はおかしくなった。そしてそのあと直には次回からの着用を禁じられた。そして、今もまた直は帽子を見つめている。

「これ、由真《ゆま》のなの。進藤寺《しんどうじ》由真」

「進藤寺、さん」

咲良はきき覚えのある名字を繰り返してみた。

「マネージャーだった人ですよね」

確かめた咲良に直は軽くうなずいて、

「ノートの記録者」

と言った。にわかに咲良の心は粟立《あわだ》った。あのノートは直とのトラブルを思わせるような一文のあと、途切れていたことを思い出したからだ。二人の間にあったことが、辞める原因になったと考えられたが、いくら咲良でもそこをつつくのははばかられた。

するると、直は意外な言葉を続けた。

「だった人じゃなくて、今もだけど」

「え？　今も？」

咲良はあたりを見回した。まさか隠れていることはないにしても、どこかに私物くらいないかと思ったのだ。けれどもそれらしい物はなかった。ただ帽子だけ。それも教えられたから気配を感じるというささやかさだ。すると直はまた言った。

「由真、入院しているのよ」

「入院だったんですか。私、直先輩からいじめられて来なくなったんだと思ってました」

ぱちぱちさせた咲良の目を、直はあきれたように見た。

「私がいじめるわけないじゃない」

「だってノートに、〝直を黙らせてしまった〟ってあったから」

咲良が問題の記述をそらんじて見せると、直は小さく息をついた。

「そういうこともあったかも。由真、具合悪いのに無理して部活に出てきてたから」

「そうだったんですね」

「それからすぐに入院したのよ」

なに気ない言い方ではあったが、そう軽い病気ではないらしいことは、予測がついた。記録ノートは、確か三月上旬を最後に途切れていた。そこからもう、ひと月ほどの時間がたっている。

と、同時に堂本が苛立っていた理由もわかった気がした。きっと、堂本と由真はなにかある。彼女の帽子を勝手にかぶってきたから舌《した》うちなんかしたのだろう。あのとき帽子に注がれた堂本の不機嫌そうな目つきを思い出して咲良は納得する。

「由真先輩って、堂本先輩とどういう関係なんですか」

咲良が確認してみたが、直は首をかしげた。

「堂本くんは由真のことを好きみたいね。由真の気持ちは知らないけど」

「あー」

咲良はその場に座り込んでしまった。堂本に失恋したからではない。堂本にはすでに幻滅をしていた。

それはさておき、頭を大きな岩で押しつぶされたみたいだった。軽い気持ちでかぶった帽子に、そんなわけがあったなんて。重大で繊細《せんさい》な意味を持っていたなんて。自分の軽はずみな行動が、堂本の大切な思いを傷つけてしまったのだ。

「しかもこの帽子、おまもりみたいなものだったんですよね」

咲良は思いいたった。棚の真ん中にぽつんと帽子が置かれているなんて、改めて考えてみればおかしい。実際、特別な存在感を放《はな》っていた気がした。絶望的な気分になる咲良に、直はとどめを刺した。

「そうね。帽子があると由真がここにいるみたいだし。私も帽子と一緒に由真のことを待ってる気分ではあったかな」

珍《めずら》しく柔《やわ》らかい声なのが、余計に胸をひっかいた。涙腺《るいせん》に刺激痛《しげきつう》が走る。

「やばいじゃん、私」

そんな大切な物をかぶってしまったのだ、この頭に。

「あー、バカバカ」

咲良は両手で自分の頭をぽかぽかと叩いた。すると、

「ぶっ」

頭上で空気が抜けるような音がした。顔を上げると、直が笑っていた。

「湯田《ゆだ》さんって、面白いわね。すっごくわかりやすい」

「なんか、ひどいんですけど」

自分のしでかしたことも忘れ今度はむっとした咲良だったが、直の方は声を引きしめた。

「でも選手たち、すごくやる気になっているのよ。結果を出して由真に届けようって、頑張ってる」

これまで長距離チームに押されぎみだった短距離チームを奮い立たせたのが、マネージャーの入院だった。由真を励ますために、なんとか結果を出したい。そのために、リレーに照準を絞《しぼ》ったのだという。個人の記録は平凡でも、バトンパスでロスを出さなければ勝機がある。そこで部員たちはリレーでインターハイに行き、由真に力を届

けたいと思い立ったのだという。それを大熊先生も快諾した。グラウンドの使用を市にかけあってくれた。直はざっと説明したのち、

「リレーなら、全員の励《はげ》ましが由真に直接伝わるでしょう。それで私もリレーの専任マネージャーにしてもらったの」

と言った。淡々とした言い方だったが、咲良は両足に心地悪さがまとわりついてきたみたいだった。ふくらはぎがむずむずしてきた。

やっぱ無理だな。

薄情《はくじょう》かもしれないが、常識的な思いが頭をよぎった。だってそれはいかにも荷が重い。ずぶの素人にそんな固い決意を持ったチームを手伝えるわけがない。なんといっても記録ノートを見る限り、由真は優秀なマネージャーだ。その由真の代わりにチームを支えるなんて。ましてや由真を励ますなんて。

「私、できません。やっぱ辞めます。由真先輩の代わりなんかできません」

我知らずきっぱりと言った咲良に、直もまたきっぱりと頭を左右に振った。

「当たり前でしょ」

鼻先であしらうように言った。

「……」

謙遜《けんそん》しただけなのに、見くびられたみたいな気分になる。つい鼻のひとつも鳴らし返したくなった咲良に、直は表情を変えずに続けた。

「でも、湯田さんだからできることもあると思う。あなた、結果を出さなきゃなんて思ってないでしょ」

「え？　それはそうですけど」

そこは認めざるをえない。咲良がマネージャーになりたいと思ったのは、もっぱら不純な動機だ。

「勝ちたい気持ちは必要だけど、強すぎてもチームワークを乱すことがあるから。思いが強すぎる人が、結果を出せない人を責めることがあるのよ」

その言葉にぎくり、と、咲良の胸が波打った。そして波紋《はもん》のように鈍《にぶ》く痛みが広がった。覚えのある痛みだった。

「わかる？」

たずねられて思わずうなずくと、なぜか直は一瞬、確信を持ったみたいな目をした。

「やっぱり湯田さんは、マネージャーに向いてると思う」

直は気持ちの良い声ですんなりと言った。

4

次の日から、リレーチームは本格的な練習を始めた。それに伴《ともな》い、咲良《さくら》のマネージャー見習いも始まったが、直《なお》は想像以上に厳しかった。

「計測値が違う」

「タオルとってきて」

「説明がわからない。言いなおし」

声こそ平坦《へいたん》だが、短くて鋭い言葉での指摘や指示は、それだけで責められているみたいだった。特にきつく言われたのが、連絡の大切さだ。部員の遅刻《ちこく》や欠席の連絡はもちろん、部員の様子で少しでも気になることがあれば、連絡をし合うことを強く言われた。

もっともこれは、咲良にだけではなく部員全員に対してで、大熊《おおくま》先生も例外ではなかった。先生がその週の日曜日の練習時間変更を告げたときには、

「いつからわかってたんですか。わかった時点で速やかに連絡してください」

と、氷のような声で抗議《こうぎ》していて、これには集中攻撃の的だった咲良もすっきりした。

ドSだな。

有能なサイレントデビルどころではない。胸の内でこっそり毒づいて愉快《ゆかい》な気分になったほどだ。

そうやって練習が始まり、一週間がたった頃、リレーのメンバーが発表された。

「オーダーを発表するー」

大熊先生が野太い声で言い、部員を見渡した。

「メンバーは昨日の計測をもとに、速い方から四人だ。湯田《ゆだ》、もう一度タイムを発表してくれ。くれぐれも二回目のやつな」

先生の嫌味《いやみ》ったらしい指示に、咲良は記録用紙を読み上げる。

「天野《あまの》先輩10秒94、東平《ひがしだいら》先輩11秒19、大黒《だいこく》先輩11秒10、堂本《どうもと》先輩10秒99、そして山下くん、11秒19です」

「間違いないな」

「はいっ」

直に鍛《きた》えられたおかげで、なんとか正確な計測ができるようになっていた。

「リレーは走る順も非常に大事だ。今読み上げてもらったタイムからわかるように、うちのチームに今のところ、大きな差はない。こういうときは一走から速い順にいく。

差があるときには、二走と四走に速い選手を持って行くのが常套手段《じょうとうしゅだん》だ」

先生はほぼ咲良の方を見ながら言った。ずぶの素人《しろうと》に説明しているらしい。

「一走天野、二走堂本、三走大黒、四走、東平だ。東平と山下は同タイムだったが、経験がある方にした。いいな」

「はいっ」

選手たちは歯切れよく返事を返した。

「とはいえ山下も準備をしておくように。誰かにアクシデントがあったら、すぐに代わってもらうからな」

「はいっ」

気合いの入った山下の返事にうなずいてから、先生は突然分厚い手のひらを咲良の前に突き出した。

「あれ取って」

「は？　あれ？」

「はい」

咲良が戸惑っていると、わきからぬっとバトンが飛び出した。差し出したのは直だった。先生はちらっと咲良に視線をくれて、肩をすくめると、バトンを受け取った。

その肩は「役立たず」と言っていた。指示を待つのではなく、文脈を読み取り、相手がなにを欲しているのかを察するのが、マネージャーの仕事だろうと言わんばかりだ。

それにしても。

咲良には、直の見立てが返す返すも不思議になる。

私がマネージャーに向いているって、なんで？

咲良はあれからずっと考えていた。思えばそもそも咲良をマネージャーに推したのは直だ。拒んだ大熊先生を説き伏せる形だった。それも堂本を追いかけてやってきたという不純な動機を知ったうえでだ。あのとき直は、

「この人、体力はあります」

と言ったと記憶している。階段を駆け上ったのを見て、そう判断したらしかった。

そのあともう一度「向いている」と言われた。由真の事情をきいたあとだ。その根拠は、

「結果を出そうと思ってないでしょ」

らしかった。が、そんなマインドがマネージャーに向いていると言えるだろうか。

しかも直が無敵のマネージャーだとすると、自分は対極にいる自覚さえ咲良にはあった。

高校生男子の100メートル走の平均も知らなかったし、天候にも気を回せない。今だって先生の言う「あれ」もわからなかった。つまり、陸上競技のことは、なにひとつ詳しくないうえに、気も利かないのだ。陸上部のマネージャーに必要な要素がまるでない。

そんな私がどうして？

しきりに首をひねる咲良の隣で、先生の説明は続く。

「バトンパスには、オーバーハンドのプッシュプレスおよびダウンスイープ、それとアンダーハンドパス」

きき慣れないパスの名前とともに、先生はバトンを上から振ったり下から振ったりしている。そしてもう一度下から振り上げながら、

「うちのチームはアンダーハンドパスを使う。走力に差がない場合に適していると言われている。だいたい全員11秒前後だからな」

全員のタイムだけは理解できて、咲良はやっとうなずいた。確かに部員の出した記録を五で割ると、ほぼ11秒だった。堂本に非常識呼ばわりをされたことが悔《くや》しくて、100メートルの平均値だけでも知っておこうと思い、あとから計算してみたのだ。

「まずやってみろ」

先生がバトンを渡すと、山下を含めた部員は、一走から等間隔に並んだ。その間1メートルくらい。ちょうど走らずバトンをつなげる距離だ。

「はじめっ」

「はいっ」

号礼と同時に天野が一声上げると、二走の堂本が手のひらを下向きに後ろ手を出し、そこに向かって天野はバトンを下からすくい上げ、

「はいっ」

と叫んで堂本の手のひらにつかませた。

へぇ。

咲良はまばたきをした。こんなバトンパスは初めて見た。これまで体育祭などでやってきたパスとは逆だ。振り下ろされるバトンを手のひらを上に向けてもらうのではなく、堂本は下向きの手のひらで、天野が下から振り上げたバトンをキャッチした。

「はいっ」

「はいっ」

リズミカルなバトンの移動を珍しがる間もなく、選手たちは次の準備に移った。これから実際に走りながらのバトン渡しをするらしい。ランナーはそれぞれの位置につ

き、スタンバイした。

「ピッ」

ホイッスルの合図とともに天野が走り出す。流している程度のスピードだが充分に速い。すぐにバトンは堂本につながれた。堂本もあっと言う間に大黒に迫り大黒はスタートを切った。が、

「早いっ」

そのとたん先生の怒号《どごう》が響いた。流れが止まる。

「スタートが早すぎる。それではバトンが追いつかんじゃろ」

なるほど堂本は、なかなか大黒に追いつかなかった。

「バトン渡しでいちばん大切なのは、出だしのタイミングなんじゃ。もう一回！」

大熊先生の大声の指示に、堂本は元の位置から走り始め、次はうまくつながった。

次の東平には流れるように渡された。

やはりうまくいくと、上からのオーバーハンドパスよりも、自然で素早い感じだ。波のようになめらかに渡ったバトンだが、

「はいっ、あっ」

最後の山下が受け取るところで、またちょっと手間取った。手の向きを間違ったわ

けではなかったが、山下は取り落としそうになってしまったのだ。

「遅いっ！」

たちまち野太い喝《かつ》が飛ぶ。

「100メートルじゃバトンパスのミスは取り戻せんぞ。いいか、一瞬が大事だ。まばたきひとつするな。次の瞬間世界が変わる」

「はいっ」

そんなオーバーな。

咲良は胸の内でつい突っ込んだが、山下は神妙に顔を引きしめた。

「だからこそ、詰まらずに渡せれば、格上のチームに付け入る隙《すき》はいくらでもある。だから徹底的に練習する」

「はいっ」

決意に満ちた山下の返事に、他の部員たちも意気込みを見せた。

その後、部員たちは実際に走りながらのバトン渡しを繰り返し、咲良も直からリレーの場合のタイムの計り方を教わった。

「まず、渡し走者と受け走者にバトンを持たずにリレーしてもらって計る」

これを、「バトンパスの目標タイム」とするのだそうだ。

「このとき大事なのは計測距離より20メートルくらい前から走ってもらって、スピードに乗ってから計ること。二人のタイムを測定したら、平均タイムを出す。この平均が二人の走力に見合った目標タイム」

そして次にバトンを持ってのパスのタイムを測定する。ここで出た差が、バトンパスによるタイムラグだ。

部員たちがやることは、この差をなるべく縮めることだ。そのために、正確な計測をし、毎回きっちり記録をすることがマネージャーに課せられた仕事だった。

ストップウォッチには慣れてきてはいたが、初日よりも緊張した。目標タイムが決まると、部員の顔が変わったからだ。コンマ何秒のずれも許されない。特に計測位置を駆《か》け抜ける瞬間《しゅんかん》を見極めるのには神経を使った。

大熊先生が言ったことも、あながちオーバーではないのかもしれない。

咲良は計測に全神経をフル動員した。ともかく今は、このデジタル表示のまたたきが部員たちの世界のすべてであることは確かだ。そんな重たいものが手のひらにある。汗がにじむようだった。

その日の練習で、ちょっとしたアクシデントが起こったのは、咲良たちが二度のリレーの記録をつけ、部員たちがクールダウンのために、軽くグラウンドを流しているときだった。

「あいたたたー」

突然きこえた大声に、咲良が視線を送ると、東平が座り込んでいた。くるぶしあたりを押さえている。どうやら足を痛めたようだった。部員も集まってきていた。

「あ、大変」

咲良は、荷物置き場の方へはじかれるように走った。クーラーボックスから氷の入ったビニール袋を取り出し、救急箱をつかんで取って返す。

「動かさないで、動かさないで」

大きな声で言いながら東平に駆け寄った。患部《かんぶ》を見る。色は変わっていないがずいぶん痛そうだ。

「いててて－」

東平は顔をしかめ、うめき声をもらしていた。

「冷やしますね」

咲良は言い、まずは氷袋を患部に当てた。

「おー、いた、いたた」

東平はのたうちまわらんばかりに大声を上げた。

「折れたかなあ」

見たところ大けがのようには見えなかったが、激しい痛がりようだ。

「大丈夫よ。東平くんは痛みに弱いだけだから」

あとから追ってきた直が、冷たい声でぼそっと言った。どうやら東平は大げさなタイプみたいだ。

氷が当たる表面積が増えるようにビニール袋を平らにして患部に押し当てていると、東平はいくぶん表情を緩《ゆる》めたので、咲良は救急箱のふたを開け、包帯を探した。

「痛みが取れたら言ってください。バンデージを巻きますから」

ねんざなどの内部のけがの応急処置は、ＲＩＣＥ（ライス）が基本だ。安静にさせ（Ｒｅｓｔ）、冷却（Ｉｃｉｎｇ）した上で、圧迫（Ｃｏｍｐｒｅｓｓｉｏｎ）したり持ち上げたり（Ｅｌｅｖａｔｉｏｎ）する。こうすることで痛みや腫《は》れを抑え、けがの回復が早まる。

救急箱の中から包帯を取り出していると、

「おまえ、やるなあ」

感心したような声がした。見上げると、大熊先生だった。ぽかんとしたような顔で見ていた。先生だけではない。部員みんなが珍しいものでも見たような顔になっている。

　が、その中で一人だけ当たり前みたいな顔があった。直だ。直は平然としていたが、目は柔らかかった。

「やっぱりね」

　ときこえてきそうだった。


　教室の隣の席に、咲良が妙なものを見つけたのは次の日のことだった。

「なにそれ？」

　たずねた咲良に山下は極めて物理的に答えた。

「ラップの芯《しん》」

　それは見ればわかる。

「私がきいているのは、なんでそんなもの持ってるの？　ってことなんだけど」

　ラップの芯を握っている山下に小声でたずねる。なにしろ授業中だ。

「体に感覚を染《し》み込ませようと思って」

「ラップの芯の？」

　目を丸くした咲良に、山下は心外だったのか強く首を振った。

「いや、バトンの」

「……ふうん」

咲良が中学校のときにも、授業中に青竹を踏《ふ》んでいた柔道部の男子がいた。足の裏の神経を敏感《びんかん》にするためだとかなんだとか言っていた。が、ラップの芯とはなんとも安っぽすぎる。

小学生か。

咲良はさりげなく椅子をずらした。わずかだけれど距離をあける。山下なりの一生懸命かもしれないが、ラップの芯を握りしめるのはいかにも単純なアイデアに思えた。しかも実際に走っていない状態では無駄《むだ》にさえ思えた。

けれどもそのとたん、
あっ。

咲良は声を上げそうになった。というのも、山下がシャーペンを左手に握っていたからだ。左手ですらすらとノートを取っている。ノートの字に乱れは見えないので、左利きらしい。そして右手にはラップの芯。

納得すると同時に、感動すらした。つまり左利きの山下は、右手でバトンを受けることが苦手なのだ。昨日の練習で失敗したのはそのためで、だから「体に染み込ませている」のだろう。バトンの持ち替えによるロスを出さないために右手をバトンに慣らそうとしたのだろう。

すごいんですけど。

しかも山下が補欠だということを思い出し、咲良は二重に感心してしまった。

「山下くんって、えっらーい」

授業が終わってもラップの芯を離さない山下に向かって言うと、山下はむっとしたように眉《まゆ》を寄せた。ばかにされたと思ったらしかった。慌《あわ》てて言葉をつなぐ。

「左利きだから、右手でバトンを握るのに慣らしてるんだよね」

観察したことを添えると、ちょっと唇のはじを上げた。

「そ。バトン渡しはリレーの命だから」

「そうだよねえ」

咲良は小さく唸《うな》った。確かに初めて見たバトン渡しの練習は厳しかった。

「本当はマイバトンを買いたいところだけど、新しいシューズも欲しいし、無理だから」

照れ笑いを浮かべる。そして重要な情報をくれた。

「大黒先輩のところみたいに金持ちじゃないからさ」

「大黒先輩ってお金持ちなの？」

咲良は、そちらの方に反応してしまった。

「ああ、めっちゃ金持ちらしいぜ。市内にいくつも貸しビル持っているらしい。駅前に大黒ビルってあるじゃん？　家はあそこの最上階なんだって」

「へえー」

上げた声が裏返る。そういえば大黒のいでたちはいかにもリッチだった。人気ブランドのシューズは最新型だったし、チタンのネックレスも太かった。

それもありかも。

つい胸に邪《よこしま》な期待がやどり、咲良は頬《ほお》を緩ませる。堂本のことには早々に幻滅《げんめつ》した。しかし財力は魅力的な選択肢《せんたくし》だ。大黒はちょっと嫌味《いやみ》な感じで顔立ちも地味だけど、ビジュアルは努力でなんとでもなる。

「なに悪い顔で笑ってんだよ」

ついあらぬ妄想《もうそう》を膨《ふく》らませているのが顔に出ていたらしい。

「え？　別に」

慌てて首を振ると、今度は思わぬ質問が飛んできた。

「湯田ってなに中？」

山下の声が耳元をすり抜け、こめかみが、ドクンと脈を打った。

「千中《せんちゅう》、あ、いや緑が丘」

とっさに言いなおしながら、咲良は我ながら驚いた。思わず口走った校名は、ついこの間までいた中学校ではなかったからだ。

しかし山下は言い間違った校名の方に食いついてきた。

「ええっ？　千中って、もしかしてK市の千里《せんり》中学のこと？」

「そう、だけど」

山下が食いつくのも無理はない。千里中学校は青嵐《せいらん》学園と同じ県内ではあるが、ずいぶん離れた市にあるからだ。中学校三年になるときに父親が転勤になり引っ越してきた。父親は受験期の咲良のために単身赴任《たんしんふにん》も考えてくれたが、咲良は転校することを選んだ。

「でも緑が丘中学校に転校してね」

咲良はあたふたと言葉を継《つ》いだ。この話は早く終わらせたかったのだ。だが山下は、身を乗り出した。

「へえ、そうか、千中かあ。で、なにしてたの？」

「なにって」

「部活だよ。運動やってたんだろ？　千中って強い部活がいろいろあるじゃん」

確かに千里中学には、全国レベルの運動部が多かった。公立ではあったが運動部が強いことが有名で、それを目的に越境してくる生徒も多かった。

「……なんでそんなこときくのよ」

「だって昨日の応急処置、めっちゃ手際がよかったじゃん。あんなこと運動部のやつしかできないっしょ」

「……」

咲良は口をきつく結んだ。記憶がよみがえりそうになるのを必死でこらえる。体に力が入った。

「やってないよ、運動なんて」

「へえ、そう？　じゃあ、看護師志望とか？」

「え、ああ。そうそう。将来は人の役に立つ仕事がしたいなって」

適当にあいづちを打った。本当は看護師などおろか、人の役に立ちたいなんて考えたこともなかったのだが、山下は納得したような顔つきになった。

「なるほどな。それでマネージャーなんだな」

勝手に結論づけて、何度もうなずく。

「ま、まあね」

いたたまれなくなって立ち上がろうとしたとき山下が思い出すように言った。

「そういえば前のマネージャー入院してるんだってな」

咲良は歩き出そうとした足を止めた。

「それで先輩たち猛烈《もうれつ》に頑張ってるんだ」

「なんかそうらしいね」

「おれ、その話きいて、めっちゃ感動した。マネージャーのことは知らないけど、先輩たちの心に打たれたっていうか」

感心しきりというように山下はまくしたて、

「お互い頑張ろうぜ」

こぶしを固めた。

「う、うん」

迫りくるような熱につい体をそらしながら、咲良は、曖昧《あいまい》に笑った。

5

マネージャーの仕事にも多少は慣れてきた頃。部活の前に氷を取りに職員室へ行った咲良《さくら》は、大熊《おおくま》先生に呼び止められた。

「おお、湯田《ゆだ》ちょうどよかった」

先生は持っていたB5判のプリントを差し出した。

「これを人数分コピーして持っていっといてくれ」

急いでいるらしく、説明もせずに行ってしまった。

手渡された用紙には「若葉《わかば》記念大会について」とタイトルがついていた。どうやら試合のようだ。印刷室でコピーを取りながら、眺《なが》めてみる。

「若葉記念大会なんてあったっけ」

直《なお》からは、休み中のマネージャーである由真からの引《ひ》き継《つ》ぎとして、記録ノートや資料本と一緒に、一年間の試合スケジュールも渡されていた。ざっと目を通したが、大会名に記憶がなかった。しかも、日程が結構迫《せま》っている。

「四月三十日、日曜日って、今週末じゃん？」

普通、試合の日程というのは、もっと前に知らされるものではないだろうか。詳しく見てみると、メンバー表の下には、直と自分の名前も書いてあり、同行することになっている。

「きいてな…」

突っ込みのひとつも入れたくなったが、言いきらないうちにも人数分のコピーが出来上がった。

用紙とビニール袋に入れた氷を持ってマネージャー室に行くと、すでに直が準備をしていた。

「すみませーん。大熊先生に『若葉記念大会』のコピーを頼まれたんで遅くなりました ー」

丁寧に遅れたわけを述べると、直ははっと顔を上げた。

「え？　出るの？」

直も知らなかったらしい。

「はい。四月三十日らしいです。こんなのきいてないですよね」

急な知らせにさぞかしご立腹だろう。だが、咲良が同調するように鼻を膨らませて差し出したコピー用紙を、直はなぜかうれしそうに受け取った。それどころか、

「雨が降らないといいわね」

楽しみにしているような口ぶりだった。

その日の練習のあと、ミーティングで咲良はコピーした用紙を部員たちに配った。それを読みながら大熊先生が説明を始めた。

「えー、今年は若葉大会に出ることにしました」

「え、出るんっすか」

そのとたん天野《あまの》がうれしそうに声を上げた。ほかの部員もざわめいたので、大会に対する咲良の興味は一気に高まった。直といい、天野といい、「若葉記念大会」とはどんな大会なのだろう。

「若葉って、21世紀グラウンドでやるやつですよね。大学生とか社会人も参加するイベント的な」

大黒《だいこく》が眼鏡《めがね》越しの目でプリントを確かめる。クールを装《よそお》っているが、鼻の下あたりが伸びている。

「ああ、そうだ。M女がアナウンスをやるやつじゃ」

大熊先生はお見通しとばかりに、にやっと笑った。からかうように見渡す先で、東《ひがし》平《だいら》も山下も顔をほころばせている。

なるほどね。

咲良は男どもを見渡した。M女はかわいい女子が多いと評判の女子高だ。チャラ男の天野が歓喜するのはまだしも、堂本《どうもと》の鉄仮面《てっかめん》すら緩んでいて、しらじらとした気分になった。

「この大会は公式の大会じゃないから、ここで出た記録は、自分の参考にしかならん。だから、試合というよりも、陸上競技の楽しさを感じてもらうのが目的だ。新入部員にとっては、試合慣れの意味合いもある」

先生はそう説明してから、咲良の方を向き、

「マネージャーも勉強になると思うぞ。ほかの学校、特に強豪校《きょうごうこう》のマネージャーがどんな感じかよく見てくるとええわ。どこも厳しいぞー」

と脅しをかけた。

「はい」

咲良は口先だけの返事を返した。直より厳しいマネージャーはそうはいないだろう。今だって、色めき立つ男子たちに冷たい視線を投げつけているに違いない。

すっきりする思いでちらっと見たが、なんと直は笑っていた。しかも誰かの方をむいていたずらっぽく。

なに？

視線をたどった先にいたのは堂本だった。堂本も喜びを共有するみたいに笑っていた。

四月三十日、日曜日。市内最大規模を誇《ほこ》る21世紀グラウンドで、若葉記念大会が開催された。集まったのは県内の高校の陸上部二十五チームと、四つの大学、さらに二つある実業団チームも加わっての一大イベント。それに加え、個人参加の選手もいるらしい。

オリンピック出場経験のあるプロやM女がいる放送室の周りには、スマホを片手に人が集まっていて、緊張感というより高揚感《こうようかん》の方が大きい。あちこちから愉快《ゆかい》そうな笑い声もきこえた。咲良の気分も自然に上がってくる。

躍《おど》る胸を抑えつつ、直と一緒に選手控《ひか》え室に移動した。控え室といっても、スタンドの入口のわきの通路だが、参加チームはそこに敷物を敷いて、おのおの休憩《きゅうけい》場所に使っていた。

はじっこの方に場所をブルーシートでキープし、荷物の整理をしていると、
ゴロゴロゴロ。

向こうから重たい玉でも転がすような音が近づいてきた。見ると大黒が台車を押してきている。大黒は、咲良たちのもとへ来ると、止まった。

「おつかれーっす」

「なんですか、これ」

咲良は台車の上に視線を注いだ。そこにはスポーツドリンクや携帯栄養食品の名前が書いてある段ボール箱、さらにはケース入りのウエットティッシュなども積み重なっていた。

「差し入れよ」

答えたのは直だった。

「大黒くんのところはこうやってよく差し入れをしてくれるの」

台車の段ボールを降ろし始めた大黒に手を貸しながら言うので、咲良も慌《あわ》てて手伝った。

「それにしても今日は多いね」

「ああ、この大会、親父の会社もスポンサーだから」

大黒はなんてことなさそうに答えた。

「スポンサー？」

驚愕《きょうがく》の咲良を大黒は鼻であしらい、

「余ったら、適当に配ってよ」

と言った。そしてまたゴロゴロと台車を転がしながら行ってしまった。

なんてこと。

噂《うわさ》にはきいていたが、咲良はどぎもを抜かれた。運動部の大会に差し入れをしてくれる保護者はよくいるが、一世帯でこの量はありえない。しかも大会そのものに絡《から》んでいる保護者なんて、初めてお目にかかった。

「大黒先輩のとこってすごーい」

これであの嫌味《いやみ》キャラさえなければ。

悩ましく叫ぶ咲良に、直のうれしそうな声がした。

「あ、そうだ。これ持っていってあげよう」

見ると、直は開いた段ボールをのぞき込んでいた。内容物はゼリータイプのスポーツ飲料のパックだった。

「どこに？」

だが、咲良がたずねたときには、直はすでに素に戻っていて、飛んできたのは、

「冷やすものは冷やして、段ボールを片づける」

矢のような指示だった。結局質問はスルーされ、咲良は作業に取りかかった。

開会式が終わり、さっそく競技が始まった。青嵐学園陸上部、短距離チームのメンバーは、個人種目の100メートルに三人と、200メートルと110メートルハードルにそれぞれ一人がエントリーした。非公式の大会なので、ほかの陸上部員とともに個人種目にも出る。だがもちろん、照準を合わせているのは最後の種目の4×100のリレーだ。

プログラム一番の100メートルに出場するために、選手たちはウォーミングアップを始め、咲良も直と一緒にスタンド下でスタンバイする。二人ともストップウォッチを持っている。直は一位の選手のタイムを、咲良は部員のタイムを計るためだ。正式なものは大会本部からも発表されるが、部員のタイムをいち早く知るために、青嵐のマネージャーは独自にタイムを計っている。

直と咲良の差、つまり一位との差が今後縮めるべき目標となる。

イベント色が強い大会とはいえ、やはり試合前の雰囲気は独特だ。高揚を抑えようとするところに生まれるぎこちない緊張感が空気を満たしている。

「これより男子100メートル、第一レースです。選手の皆さんはスタート地点にお集まり下さい」

M女アナウンス部のきれいな声に促され、第一レースに出る八人の選手たちが移動し始める。青嵐学園高校からは山下だ。これから走る五コースに立ち、山下は自分を落ち着かせるように、両肩をゆっくりと上下させた。

「オン　ユア　マーク」

スターターの声が響き、選手たちはブロックに足を乗せる。スタートの練習は、部活でも重きを置いている。特に短距離の場合は、スタートの良し悪しがダイレクトに響《ひび》くばかりでなく、スタートそのもののルールがあるからだ。位置につくまでに時間がかかりすぎると遅延行為《ちえんこうい》とみなされて警告《けいこく》を受けることがある。山下は練習中、「オン　ユア　マーク」は自分の位置をしっかり決めることだと誤解していたようで、ブロックの位置を長々調整していて注意されていた。

遅れないでよ。

だから咲良は祈るような気持ちだったが、幸い山下は速やかにブロックに足を納めた。

「セット」

スターターの次の指示に、八人の選手の腰《こし》がぐっと持ち上がった。距離はあるのに選手たちの周りの空気がきゅっと縮んだのがわかる。フライングは命取りだ。最近では一度で即、失格になる試合が多いらしいが、今回の大会も二度目はない。

八人の選手が、ピストルの音に神経を研《と》ぎ澄《す》ます。咲良もまた耳と右手の親指に全神経を集めた。

「パンッ」

乾《かわ》いた音が空気を震《ふる》わせ、選手たちはいっせいに飛び出した。咲良もストップウォッチを押す。

選手たちは、前傾姿勢のまま一次加速をかけたのち、徐々《じょじょ》に体を起き上がらせて、二次加速につなぐ。

マネージャーになるまでは、短距離の走り方など知らなかったが、速く走るためのテクニックがあるそうだ。まずは空気抵抗を最小限にするために、低い姿勢でロケットのように飛び出す。すぐに加速しながら体を起き上がらせてトップスピードを作り、維持。さらにラストスパートをかけ、リズムを崩さずフィニッシュ。

１００メートルなどあっという間だが、その間にも三度のギアの入れ替えがあり、それに伴《ともな》い走り方を変える必要がある。それらのタイミングは、日頃の練習で体に覚えさせるしかない。

山下は三位を走っていた。

「山下ー」

咲良は思わず声を上げた。このまま振りきれば上位三位の中に入り、一次予選突破の可能性もあった。だが、

「あっ、あー」

ゴール直前でかわされた。隣の選手の突き出した肩が、一瞬速くゴールラインを越えたのだ。

「え、肩？」

咲良は目をぱちぱちさせる。

「なんかずるくないですか」

走っているのは足なのに、ゴールを切った肩が優先されることがどうにも腑《ふ》に落ちなくて同意を求めたが、直は冷静なものだった。

「あれをやるためには、一歩前から体を前傾《ぜんけい》させてひねっているのよ。ずるではなく、瞬時の判断と体の反応。練習を積んでいるからこそできるの」

「ふうん」

せめて鼻を鳴らしてみたが、山下も悔《くや》しそうだった。結果を確かめて地面をひとつ

蹴《け》った。それでもタイムは11秒08を示していて、練習よりもずっといい。

「案外本番に強いタイプかもね」

咲良が記録したタイムを見た直は、頼もしそうに眉を上げた。

続けて三レースが行われ、天野と堂本が出場した。試合経験の豊富な二人は気負いが感じられない走りで予選通過を果たした。続く準決勝も堂本の調子が良く、直と咲良がストップウォッチを押したのは同時だった。つまり一位だ。タイムは10秒92。

「すごーい、これ自己新じゃないですか。今からこんなに飛ばして大丈夫ですか」

心配になる咲良に直は珍しく微笑《ほほえ》んだ。

「大丈夫、決勝ではもっと出すわよ。もしかしたら、入賞するかも」

と、色めきを含んだような声で言った。

直の見立ての根拠《こんきょ》がわかったのは、200メートルの準決勝が終わり、惜しくも大黒が敗退した直後だった。

「惜しかったなあ」

邪《よこしま》な思い入れも手伝って、大黒を全身全霊で応援していたので、咲良の悔しさはひとしおだった。

「スタートの出遅れが原因ですかね」

素人ながら、それらしくきいてみたが、直はそれには答えず、

「ちょっとスタンドに用事があるんだけど、湯田《ゆだ》さんも行く？」

と、たずねてきた。直に誘われることなんて、ついぞないことだ。咲良はともかくついて行くことにした。

用事があるのはスタンドということだったが、直はまず控え場所へ急いだ。クーラーボックスの中から先ほど冷やしたスポーツゼリーを取り出す。

そういえば、どこかに持って行ってあげようって言ってたっけ。

置き去りにされていた質問の答えをやっともらえるようだ。

いくつかある入口のうち、まん中付近の入口から入った直について行く。見上げるとスタンドは満席だった。

「わー、めっちゃ入ってる」

きょろきょろする咲良の耳に、直の声が響いた。

「由真《ゆま》ー」

え、由真？

記憶にある名前に引っ張られるように動かした目が、中ほどの通路側の席の人をとらえた。笑いながらこちらに向けて手を振っている。

直は駆け寄り、そばにしゃがみ込んだ。

「来れてよかったー」

「うん、ありがとう」

二人は手を取り合って喜んでいる。咲良は一瞬目を疑ってしまった。普段の直の鉄のような表情が、焼きたてのホットケーキみたいに柔らかくなっている。それだけでも驚きなのに、咲良の腕を自分の方に引き寄せた。

「この子、一年生のマネージャー。湯田咲良さん」

丁寧《ていねい》に紹介までしてくれた。

「お、おはようございます」

もう午後なので「こんにちは」だったかとすっかり焦ってしまったが、

「はじめまして。進藤寺《しんどうじ》由真です」

由真はおっとりと返してくれた。たおやかという表現を姿にしたような人だった。その雰囲気《ふんいき》にぴったりの、白いガーゼ素材のワンピースを着ていた。色が白いのは、顔色が優《すぐ》れないというよりも、もともとの質のように思えた。少し茶色がかったロングヘアに、麦わら帽子《ぼうし》がよく似合っていた。ひと昔前の青春映画のマドンナという感じだ。

思わず見とれていると、直の声がした。

「お久しぶりです」

どうやら由真の隣の女の人に挨拶《あいさつ》をしたらしい。

「今日はお誘いありがとうございました」

女の人はお礼を言った。どことなく由真に似ているので、お母さんなのだろう。

「来られて本当によかったです」

直の笑顔を見ながら、このところの直の機嫌《きげん》がいいわけが、咲良にもすっかりわかった気がした。

突然の「若葉記念大会」参加連絡にも怒らなかった直は、その後もずっと機嫌がよかったのだ。女子トークができるレベルではないにしろ当たりは柔らかく、少なくとも、ドSやサイレントデビルではなくなっていた。

直が、大熊先生に大会への参加を打診していたのだろう。「若葉記念大会」は、由真を誘うには暑くもなく寒くもない時期だし、イベント色の強い楽しい大会だから。

「今日は、お天気も良くてよかったわ」

お母さんが言うと、由真もうれしそうに胸を張った。

「今日はとても楽しみだったの」

うれしそうに由真は言った。心の底までふわっと軽くなるような声だ。

「わあ、よかった」

直もどうしようもないほどに顔をほころばせている。いつになくはしゃいだ顔だ。その照《て》れ隠《かく》しみたいにゼリーを差し出した。

「あ、そうだ。よかったらこれどうぞ」

お母さんと由真にひとつずつ渡す。

「あ、大黒くんのとこからね」

由真は訳知り顔で受け取って、ゼリーをほっぺたに当てた。

「冷たくて気持ちいい」

そのとき、咲良の背後で小さな声がした。

「ちっす」

振り返ると堂本だった。堂本もまた、初めて見る表情をしていた。照れくさそうでもありうれしそうでもある笑顔だ。堂本を見つけた由真はまぶしそうに目を細めた。

「通過、よかったね。見たかったけど」

「本当は予選から見られるとよかったんだけど、外出は一時間くらいって言われているから」

残念そうな由真に、お母さんが口を添える。医者からのアドバイスだろう。

「大丈夫よ。決勝もあるし、リレーもあるから」

直は声を弾ませた。

「今年はリレーに力を入れてるの。ね、湯田さん」

急に振られて戸惑《とまど》ったが、咲良はともかくうなずいた。

「はい、山下くんなんか、補欠だけど授業中もラップの芯《しん》を握ってます」

「えー、ラップの芯?」

「はい。バトンを手になじませるためらしいです」

「すごいわねー」

由真親子は、ころころと鈴《すず》が転がるような声で笑ってくれて、ますますなごやかな雰囲気になった。

「じゃ俺、そろそろ行きます」

堂本の顔も優しくなっている。

「うん、頑張って」

ああ、なんて優しい声。

さっきから気づいていたが、由真の声は、芯はあるのにしなやかだ。透きとおったガラス棒を繊細な絹で包んでいるようだ。

咲良さえうっとりしてしまった由真の声を、堂本は大切に受け止めるようにうなずいた。そしてこぶしを握って、階段を降りて行った。

その背中を見送って、直たちは話に戻ったが、ややあって由真は視線を遠くに送った。そして小さくうなずいた。確かめはしなかったけれど、きっと堂本だろう。見えなくなる前にもう一度由真を振り返ったのだろう。

いいな。

人ごとながら、きゅんとしてしまう光景だった。


「ただいまより男子100メートル決勝を行います」

アナウンスがされて咲良はストップウォッチを握りしめる。隣の直もスタートラインを見つめている。二人が立っている場所からはスタンドは見えないが、息を詰めて見守っている由真の姿が見えるようだった。

決勝戦では、八人の選手の名前と学校名が紹介された。それぞれの名前が読み上げられるたび、歓声が上がったが、

「東西《とうざい》高校、山科高貴《やましなこうき》くん」

準決勝のタイムがいちばんよかった三コースの選手が紹介されるといっそう声援が大きくなった。

直が教えてくれたところによると、去年のインターハイ出場者らしい。それも出場しただけではなく、次期オリンピック候補である高校生のスター選手たちと競り合ったという。地元のみならず全国的にも有名人で、試合には追っかけファンもやってくるそうだ。

「ええーっ」

その山科の姿を見て、咲良はのけぞってしまった。

「山科さんって、外国人だったんですか？」

名字、名前ともに外国人の要素は一切ないが、一目で日本人離れしていた。

「お母さんがジャマイカ人らしい」

「あ、ボルトの」

ぐうの音も出ない。走る前から勝てる相手ではない気がした。

ざわめきを残したまま、堂本の名前が呼ばれる。絶好調の堂本は、なんと準決勝を三位で通過していた。

「青嵐《せいらん》学園、堂本大翔《どうもとひろと》くん」

直が強く手を叩き、咲良も手が痛くなるほどの拍手《はくしゅ》をする。堂本がちらりとスタンドの方に視線をやるのがわかった。

「オン　ユア　マーク」

スターターの号令で歓声は静まった。

「セット」

選手たちは上体を乗り出し、力を前に移動させる。咲良も思わず身を乗り出した。

パンッ。

きれいなスタートだった。さすがは決勝戦だ。スピードも迫力もこれまで以上だった。選び抜かれた者たちの全力での戦い。特に山科の走りは言わずもがなだ。弾丸《だんがん》か、瞬間移動する未確認飛行物体というところ。

咲良は息をするのも忘れた。だが、苦しくさえなかった。それくらいあっという間だったのだ。

「やっぱり強いわね。10秒33」

直の声がきこえて、咲良は「あっ」と声を上げてしまった。

「やらかしたっ」

忘れていたのは呼吸だけではなかった。

「タイム計り忘れたな」

言い方こそ厳しかったが、声は存外に穏やかでほっとする。

「でもすごかったです。三位でした」

それより堂本の順位に驚《おどろ》いた。インターハイ出場レベルの選手にくらいついたばかりか入賞を果たしたのだ。

「由真パワーだよね」

直が言うのに、咲良はうなずいた。人は人に力を与えられるということが、うっすらわかったような気がした。

6

「ただいまより、男子4×100メートルリレーを行います」

リレーの招集が告げられた。青嵐《せいらん》学園は三組目だ。待機場所でアップをする選手たちのもとに、本部の仕事で忙しそうだった大熊《おおくま》先生がやってきた。さっと選手は先生の前に並ぶ。

「きばらず走ってこい」

「はいっ」

選手たちは歯切れよく答え、スタートラインに向かった。

極めて短いアドバイスだったが、きき慣れた太い声に、咲良《さくら》の胸も少し落ち着いた。

じつはさっきから、胸がざわざわしていたのだ。自分が走るわけでもないのに、鼓動が勝手に激しく打ち、指先まで硬くなっている。

「湯田もリラーックス、ふーっ」

そんな様子に気づいていたのか、先生は咲良に深呼吸を促した。

「はい。ふーっ」

深い呼吸のおかげで鼓動《こどう》がいくぶん落ち着いた。こわばっていた神経が弛緩《しかん》するのも感じたが、直《なお》には釘《くぎ》を刺された。

「今度はちゃんと計ってね」

「はい」

咲良は消えかけた気合いを入れなおし、口元を引きしめる。

グラウンドでは二レースが終わり、青嵐の選手たちがそれぞれの場所にスタンバイを終えていた。

「思いきっていけー」

先生の大声が響き、

「天野《あまの》先輩ファイトッ」

山下の声がそれを追いかける。

「ファイトッ」

直と咲良も声をかけてストップウォッチを握りしめた。

スタート地点には一走の天野が立っている。しまった表情だ。

「オン　ユア　マーク」

今日、何度きいたかしれない準備を促《うなが》す声に、周囲のざわめきがおさまった。

「セット」

咲良は目と耳と、親指に神経を集中させる。

パンッ。

今までのピストルの音よりもずっと大きくきこえた。同時に選手たちは地面を蹴《け》った。咲良の体にも力が入る。左手が知らず知らずにこぶしを作る。

大きく素早く振られる腕と、躍動《やくどう》する脚。第一走者がスタートするのはカーブの途中だ。弓なりの100メートルに疾風が起こった。忙しく瞬間を刻むデジタル表示、その一瞬を追いかけるように、いや振り切るように選手たちは走る。観客はざわめいているのに、選手たちの足音の方がずっと強い。地面を蹴る鋭い音はおろか、弾む息づかいまでも、すぐそばにきこえるようだ。

天野は二レーンだ。

咲良の呼吸もままならない間に、第二走者の堂本《どうもと》はブルーラインから走り始めていた。リレーのバトンパスは、テークオーバーゾーンという20メートルの区間内で行わなければならないが、4×100メートルの場合は、ブルーゾーンという助走区間が設けられている。ブルーゾーンは、テークオーバーゾーンよりも手前にあり、次の走者はそこからスタートできる。この走り出しが鍵《かぎ》を握る。バトン渡しに許される時間は、わずか数秒。

しっかりとバトンを握った天野の手が、腕振りのなりゆきのような自然な動きで、下向きの弧《こ》を描く。それを堂本が伸ばした後ろ手のひらで受け取った。しっかりと。

よかった。

成功にほっとする暇も許さず、堂本はスピードを上げた。ゾーン内は混戦状態で正確な順位はわからない。天野は二位でバトンを渡したはずだが、入り乱れた十六人の選手のせいで見失ってしまった。

抜かれた？

しかしそんな心配は、堂本の閃光《せんこう》のような走りの前に霧散した。二走が走るのは直線だ。まっすぐなコースで堂本は、ぐんぐんスピードを上げ、さらにギアを上げた。身を乗り出して追う堂本の体はあまりにも速くて、一瞬止まって見えたほどだ。咲良は声を上げそうになる。

風を切っているというよりも、風そのもののようだった。

咲良は全身に力を入れる。そうしなければ立っていられないような力が、グラウンドの向こうから押し寄せてくる。風と化した堂本の腕が、やがて明確な意思を持って動いた。走り出していた大黒《だいこく》にバトンが手渡された。

よし、大丈夫。

ゾーンの内できっちり渡った。バトンパスが苦手らしい大黒だが、うまく受け取れたようだ。

大黒が走るコースにはカーブがある。大黒は差しかかったカーブでもスピードを落とさなかった。たたみかけるような走り。咲良の見ている場所からは距離があるのに、目の前にくっきりと迫ってくるようだった。

もっと速く、もっと強く。時空の先にある、未知なるものを捕まえようとでもする走り。もっともそれは大黒だけではない。ほかの選手たちも同じだ。力強く地面を蹴り、その力をまた受け取る。与える力と返ってくる力とのぶつかり合い。

なんて強いのだろう。

咲良は息をつめてそれを見る。スタンドはざわめいているはずだが、もはや音は消滅していた。

やがてバトンはアンカーの東平《ひがしだいら》に渡された。最後の100メートル。チームによっては、アンカーにいちばん速い選手をもってきているところもある。目の前では壮絶《そうぜつ》なデッドヒートが繰り広げられていたが、咲良はもう順位のことなど意識していなかった。ただ、猛烈《もうれつ》に吹き抜ける風の行方を追いかけるのが、吹きすさぶ風を受け止めるのが精いっぱいだったのだ。

両足を踏ん張って、両手を固めて。咲良は目を見開いた。

次の瞬間は決して見逃してはならない。

咲良の前方を駆け抜けた選手たちは、ゴールを切った。そのせつな、目の前が白くかすんだ。

「湯田さん」

名字を呼ぶ声で、咲良はふっと自分を取り戻した。グラウンドに色と音が戻っていた。

「タイムは？」

たずねられて慌《あわ》てて手のひらを見ると、まばたきのように数字が動いている。

「またやった」

さげすみともあきらめともつかない直の声を、咲良はぼんやりとしたまま聞いた。

「あ、ああ」

なかば無意識にストップウォッチを止めたとき、激しく足が震え出した。自分の中の時間も切れたのだろうか。今まで踏ん張っていたふくらはぎが、痙攣《けいれん》をおこしたように震え始める。細かな震えを感じて、頭がやっと動き出した。同時に大きなうねりのような熱がみぞおちのあたりから上ってきた。

「すごーい」

人目もはばからずに咲良は叫んだ。自分は今、ものすごいものを見たのだと思った。風と大地が出会う瞬間と、そこから生まれる力。その見えない力を形にしたのが、あのバトンだ。

「短距離ってすごい。リレーってすごい」

大声のまま叫んで、咲良はその場にしゃがみ込んだ。震えが体中に回って、とても立っていられなかったのだ。自分の中の熱を閉じ込めるように、咲良は自分の両腕を抱きしめた。

青春だ。

と、思った。陳腐《ちんぷ》だが、だからこそ正しくも感じる言葉が胸を覆《おお》う。

私の青春は、短距離リレーにかけさせてください。

祈りにも近い決意が、体の奥底から湧いてきた。

「湯田さんって、わかりやすい」

歯を食いしばって身をかがめる咲良の頭上から、ぼそっと直の声が降ってきた。

「唐《とう》がらしみたいじゃなー」

次の日、グラウンドにやってきた大熊先生は、咲良の姿を見て開口いちばんそう言った。

赤いハーフパンツに赤いシューズ。さらに赤いキャップ。中に着ているティーシャツこそ白いものの、はおっているウィンドブレーカーも赤なので、印象は真っ赤。

咲良としては自分の意気込みを服装に込めたつもりだった。燃えたぎる情熱を。「自分だってプーさんみたいじゃないですか」と言いたいのを咲良は我慢《がまん》する。というより今日の先生は、普段は持っていない大きな白い布袋を担いでいて、黄色いサンタさんみたいなのだが、それも我慢し、

「せめて鷹《たか》の爪《つめ》って言ってもらえますか」

と頼んだ。少なくとも唐がらしよりは意気込みを表現している。

「若葉記念大会」は咲良にとって衝撃的な経験となった。バトンをつなぐ四人の選手の疾走《しっそう》が、びりびりと体を駆け抜けた。風が雷を連れてきたみたいだった。「短距離ってすごいっ」と純粋に思った。体操みたいな技もなければ、球技ほどには戦略もいらない。基本的には走るだけのシンプルな競技だ。それにこれほど感動するなんて、自分でも意外だったが、もっと近くで見たいと思った。男子はさておき、走りそのものが見たい。

ところが先生は、咲良の表現には今ひとつピンと来ないのか、

「鷹の爪ねえ」

首をかしげたが、

「いいんじゃないですか。赤は、見た人の攻撃力を高めるっていうし」

意外なことに直が淡々とフォローしてくれると、なにかひらめいたのか、先生はぽんと膝《ひざ》を叩いた。

「湯田が赤で、俺が黄色。じゃあ小室は全身緑にしたらどうじゃろう。三人合わせて信号機だ。バランスがいい」

もちろんこれは直に無言で却下されたが、咲良の意気込みだけは買ってくれたようで、

「じゃあ、今日からますます張り切って行こーう」

と、どら声を張り上げた。そして布袋を肩から降ろし、いそいそと中身を取り出した。サッカーボールだった。

「おっ、サッカーするんっすか」

目を輝かせた天野に、先生は首を左右に振った。

「いや、空間認知のトレーニングじゃ」

「陸上に空間？」

山下の質問はもっともと言えばもっともだ。

「そう。空間認知はどんなスポーツにとっても必要じゃからな。向こうから来るボールの動きを予測することで、体をコントロールする力がつく。それがバトン渡しにも

生きるんだ」

なるほど。

咲良はうなずいた。若葉記念大会ではリレーの予選突破はできなかった。あまりに夢中になっていたので見失ってしまったのだが、三走の大黒からアンカーの東平へのバトン渡しにコンマ数秒のロスが出たらしい。

「二人一組で行う。ちょっとやってみるぞ。ほら、湯田」

急にボールを投げられて、慌てて受け取ると、5メートルくらい離れるように指示された。

「そこからループパスで投げてみろ」

ループパスとは、ふわっとした山なりのパスのことだ。

「はい」

言われたように、ボールをなため上前方に投げる。ボールは弧を描いて、先生の伸ばした両手にすっぽり収まった。

「そうそう。そして受け取った相手はバウンド」

言いながら地面にボールを叩きつけた。運動公園のグラウンドは整備が行き届いていないので、イレギュラーバウンドになったが、咲良は即座に移動してキャッチした。

もう一度ループボールを放り投げた。

「お前、うまいなあ」

きれいに伸びたボールを受け取って、先生は感心したように口をすぼめる。

「え、そうですか」

答えた声が、なんとなく湿ってしまった。ほめられて悪い気はしないけれど、のどの奥に絡まった思いの方が強かった。体の動きが少し重たくなる。もうやめたかった。

けれども、それが指導者の業《ごう》なのか、先生はさらに高度な技を要求した。

「これできる？」

先生は自分の真上にボールを高く投げたあと、体をくるりと回転させた。その間に落ちてくるボールを元の体勢でキャッチしようとしているらしかった。が、失敗。戻ったときにはボールはすでに落ちていた。

これは確かに高度な技だ。〝ボールを投げること〟〝素早く体を回転させること〟そして〝落ちてくるボールをキャッチすること〟の三つの動作が必要になるうえに、回転するとどうなるか、ボールはどこに落ちるのかを予測して動かなければならない。

咲良の体は、気持ちと同じように重たくなっていたが、

「俺《おれ》失敗したから、ちゃんと手本を頼むな」

と、無邪気《むじゃき》に頼まれ咲良はボールを受け取った。

頭上に放り投げ、同時に一回転してキャッチ。

「おーっ」

大したことでもないのに、乗りのいい天野が手を叩くと、つられた拍手《はくしゅ》が起こり、咲良はなぜか喝采《かっさい》の的になってしまった。

「お前すごいなあ」

大熊先生がほれぼれしたように繰り返した。

「なんか球技やっとったんか」

続いた質問に舌うちをしたくなったが、平坦《へいたん》な声の方が先だった。

「バレー部だったんでしょう」

直だ。咲良は胸の底がすっと冷たくなるのを感じた。

7

咲良《さくら》は中学校時代、バレー部に所属していた。始めたのはそれより三年前、小学校三年生の頃だ。ジュニアスポーツクラブという地域団体が運営するチームに所属し、五年生の頃にはエースとして六年生以上の活躍をしていた。

咲良のいちばんの強みはサーブだった。小学生の大会ではサーブミスが多い。ゲームの流れの中でのレシーブやアタックには体が反応しても、流れを作るサーブは緊《きん》張《ちょう》するという選手が多いからだ。しかもサーブには注目が集まる。慣《な》れた選手でも、体が硬くなりがちなのに、咲良は最初からあまり失敗しなかった。それは、度胸《どきょう》があったからだ。

また、スパイクも早くから打てるようになった。負けん気が強かったからだ。相手を倒すのに手っとりばやい方法は、強いボールを打ち込むことだと思えば、打たずにはいられなかった。そのためボールが上がるとどこからでも打ちに行ってしまい、嫌《いや》がられることもあったほどだ。

だから、中学校でも迷わずバレー部に入部した。咲良が入学した千里《せんり》中学校は公立ながら、スポーツの強豪校《きょうごうこう》だった。特に男子の野球部とサッカー部、女子のバレー部を目指して、越境入学をしてくる生徒も多く、その効果でさらに実績《じっせき》を上げていた。

そんなバレー部だったから、小学校のときのように上級生を押しのけてレギュラーになるようなことはなかったけれど、すぐに一目置かれる存在となった。あだ名もついた。

「ハガサク」。

鋼《はがね》の咲良という意味だ。硬い鉄のようなメンタルを持つからだという。もちろんスポーツは気持ちだけでどうにかなるものではない。小学校でそれなりの基礎体力や技術を習得していた咲良には、大喜びできる評価ではなかったが、甘んじて受け入れることにした。その頃あこがれていたブラジルの選手が、インタビューで「気持ちの強さがすべてだ」と言っているのをきいたからだ。負けん気。ここいちばんの集中力。とことん勝ちにこだわる気持ち。気持ちこそが勝利の源であり、体を動かす原動力だと言っていた。

だから自分の鋼のメンタルが、チームを引っ張って行くのなら本望だと思った。

ただ、「ハガサク」「ハガサク」と呼ばれて、自分が湯田ではなく、芳賀《はが》になったような気はしたが。

直《なお》は、初めて咲良を見たときから、運動部出身者だとは思っていたらしい。初日、階段を駆け上ってきた姿に予想をつけ、次の日には雑用は先輩《せんぱい》にさせてはならないとばかりの反応で、それを確信した。さらに素早い応急処置《おうきゅうしょち》で確信を深め、昨日のボールさばきで具体的な部活まで推理したのだという。

「ボールを投げる腕《うで》が、バレー選手みたいにきれいに伸びていたから」

と直は言った。素人にもわかるほど、咲良の体にはバレーが染みついていたらしい。観念した咲良だったが、直が言い当てたことに、いちばん反応したのは山下だった。

「えーっ、千中のバレー部？」

直の指摘に咲良がしぶしぶうなずくと、山下は声をうら返らせた。

前に出身中をきかれたときには、核心《かくしん》をつかれる前に話をすり替えたが、もはやこれまでだった。うなずく咲良に部員たちもほーっと視線を注いだ。

「なるほどな。鍛《きた》えられたいい脚《あし》じゃとは思うとったが」

大熊《おおくま》先生は太い腕《うで》を組んで、視線を落とした。

なるほどね。

言いたいのは咲良の方だった。堂本《どうもと》を追いかけてきた初日、「マネージャーはいらん」とすげない態度だった先生が咲良の脚を見たとたん、「おっ」と表情を変えたわけがわかったからだ。

「それで応急処置もうまかったんだ」

東平《ひがしだいら》も得心したような声を上げた。

「おかげでひどくならずに済んだもんな。さすがは全国レベルの応急処置だな」

大げさな評価まで付け加えてくれた。

練習の前だったので、それ以上話題は広がらなかったものの、今朝、登校すると山下がさっそく話を蒸《む》し返してきた。

「やっぱ千中の練習ってすごかったんだろう？」

「まあ、ね」

言葉を濁《にご》す咲良にかまわず、山下は「だって全国大会レベルだもんなあ」と目を輝かせ、ぐっと詰め寄ってきた。

「あ、もしかして湯田も出たのか？」

「……私引っ越したから」

咲良は山下のきらきらしたまなざしから視線を外す。嘘《うそ》だった。千里中学校は咲良が在籍《ざいせき》していた時期を含め、三年続けて全国大会に行った。そのうちの二度、咲良は試合に出場した。一年生のときはピンチサーバーとして。二年生では第一試合の三セット目から。咲良が入ったことにより流れが変わり逆転した。その年チームは、ベスト四まで勝ち進んだ。

「それよかさ」

思い出したくない記憶がよみがえりそうになる前に、咲良は話題を変えることにした。

「バトンパスって、オーバーハンドパスとアンダーハンドパスがあるんでしょ？」

山下が握《にぎ》っているラップの芯《しん》を見つめながらたずねる。苦《くる》し紛《まぎ》れの質問ながら、ききたいことではあった。

教室での山下は、ラップの芯を肌身離さない。最初は怪訝《けげん》な顔をしていたクラスメートも先生も、もう慣れてしまっている。

「あるよ」

咲良の質問に、山下はいそいそと立ち上がる。実演してくれるらしい。

「俺らがやってるのは、アンダーハンドパスな。バトンは受け取りやすいように、必ず立てること」

山下は、いつもやっているように下から立てた芯を持ち上げた。

「アンダーハンドパスは、利得距離《きょり》は短いけど二人の距離が近いから慣れれば失敗が少ない」

次に腕を上から振り下ろした。

「で、これがオーバーハンドパス。こっちは利得距離が長いしパスが見えやすい」

「利得距離ってなに？」

「二人の腕の分稼《かせ》げる距離のこと」

「じゃあ、オーバーハンドパスの方がいいじゃん」

距離が稼げるということは、バトン渡しの効率がいいということだ。けれども、山下は首を左右に振った。

「ところがこれにはリスクがある。受け取り走者の走りが窮屈《きゅうくつ》になって、バトンを落としやすい。それにうちのチームみたいに選手のタイムにあまり差がないときは、自然な動きのアンダーで渡した方がいいらしい。チームによって合うパスが違うんだ」

「確かにこの前もチームによって違ってたよね」

咲良は若葉記念大会の様子を思い出した。青嵐学園は予選で敗退してしまったが、その後の決勝戦まで見学はした。自分のチームは出ていないながらも、選手たちが走るたびに咲良の胸は高鳴って、短距離の面白さを充分に堪能《たんのう》できた。

「ちなみにオーバーハンドパスには二種類あって」

説明の途中で立てた芯を前に押し、

「これがプッシュプレスで」

次に振り下ろしたまま、芯をねかせた。

「これがダウンスイープ」

と説明が終わった頃、一時間目の教科担任がやってきて、山下は席についた。


気が済《す》んだのか山下は、それきり千中バレー部についての質問をしなかった。ほっとした咲良だったが、放課後のマネージャー室では思わぬ追及に見舞《みま》われた。

「おつかれさまでーす」

赤いコスチュームに着替え、準備を整えていたところへ入ってきた直に挨拶をすると、直は咲良の手元を確認し、冷たい声でこうきいた。

「失敗をしたあとはどうすればいいの」

「え？」

話が見えず、目をパチパチさせていると、

「千中バレー部でも教わったでしょう」

と続いた。

「リカバリーです」

不思議なもので答えがすぐに口をついて出た。失敗したらその分リカバリー。バレーを始めたときから叩きこまれていた原則だ。

「そうよね。湯田さんがこの間の試合でやった失敗はなに？」

「計測ミスです」

こちらも思い出す必要もない。答えた咲良に、直は表情を崩《くず》さずに言った。

「公式タイムはもう発表されているはずよね」

咲良は、「あっ」と頭を抱《かか》えた。

「すぐに調べます」

机の上にあるパソコンの電源を入れる。バレー部でもそうだった。中学校の部室には、さすがにパソコンはなかったが、試合のあとは先生が職員室のパソコンで結果をプリントアウトしてきてくれた。試合の分析をすることは、今後の戦い方を考えるうえで大切だからだ。負けた試合は特にそうだった。自分のどこに弱点があったかを自覚することで、練習の焦点《しょうてん》が絞《しぼ》れる。

リカバリーは試合中にできるのがいちばんだが、そうできない場合は負けっぱなしにしないことだ。負けた原因を見つけ、そこを強化することが、強くなる秘訣《ひけつ》。

パソコンを立ち上げ、「若葉記念大会」を検索して、記録を改めて確認する。個人タイムと、リレーのタイムが一覧表《いちらんひょう》になっていた。自分たちを含めた人数分をプリントアウトする。まずは現状を正確に客観的に知ること。これは勝利への準備の基本だ。

直はパソコン画面を確認すると、背中を向けて着替え始めた。

「千中バレー部でなにがあったかはきかないけど」

直の平たい声がプリンターの音に重なった。

「千中のバレー部で教わったことは生かしてほしい。強豪チームには強豪チームを作るやり方があったはずだから」

「教わったこと？」

ふりかえった咲良の目を直の目が捕らえた。

「でも私、マネージャーの仕事はわかりません」

視線を振り払うように言い訳をしたが、直は目をそらさなかった。

「簡単なことよ。あなたがやってもらってたことを思い出せばいいんだから」

ふいをつかれたような気持ちになる。

「……はい」

咲良は小さくうなずいた。

「なんだ、これ」

「手帳か」

次の練習日。咲良が配った小さなノートを手にした部員たちは一様にきょとんとした。午前中の練習を抜けて、咲良は百円均一《きんいつ》で小さなノートを買ってきた。このサイズならバッグの中でもかさばらないから、持ち運びに便利だ。

「これは記録ノートです」

不思議がる部員たちに咲良は説明した。

「記録？　マネージャーが取ってるんじゃねえの？」

堂本の言い方には、とがめるような鋭さがあった。言葉の裏に由真の完璧さをにじませている気がしたが、咲良はきっぱりと首を振った。わざと明るく言う。

「記録、といっても、タイムではありません。自分の感覚を書いていってくださーい」

「自分の感覚とはなんだ」

大黒が眼鏡《めがね》の真ん中を押し上げながら首をかしげる。

「練習で感じたことです。今日は良かった、とか、だめだったとかでもいいです。自分だけがわかる言葉でいいので、とにかく毎日書いてください。タイムは私たちにもわかるけど、自分の気持ちは自分にしかわかりませんから」

感覚記録は、千中バレー部でもやっていたことだった。二年生になったときに、マネージャーから配られた。

千中のマネージャーは、咲良と同級生で、バレーのことは選手以上に詳しかった。ルールや用語などはもちろん、トレーニング法や食事まで幅広く勉強していた。

記録ノートはナショナルチームのある選手がつけていたのだそうだ。セッターだったその選手は、指先の微細《びさい》な感覚までつぶさに記録していたという。繊細《せんさい》な感覚がわかるように、爪《つめ》を短く切るのはもちろん、突き指をしてもテーピングすらまかなかったという話は何度もきいた。

「よかったとか、悪かったとかだけ書いても、意味なくね？」

天野《あまの》は眉《まゆ》をしかめ、東平《ひがしだいら》は「そうだ、そうだ」と大げさにうなずいた。

ほかの部員たちも懐疑的《かいぎてき》な様子だったが、大熊先生だけは、ぽんと手を打った。

「記録はいいぞ。調子のほかにその日の天気を書くだけでも、自分が暑さに弱いのか寒さに弱いのかわかるんじゃないか。寒がりだと思っていても、案外、寒い方が調子が良かったりしてな。そんなことも記録してみんとわからんじゃろう」

「自分を知るデータになりますね。自分を知ることは自己コントロールに重要です」

直が付け加えると、先生は太い腕を組んでなにやら思案を始めた。

「そうじゃなあ。そういや昔レコードダイエット法っちゅうのがあったなあ。食べた物を記録するだけで、ダイエットができるってやつ。あれも、自分がどれくらい食べとるか、目で見ることで、無意識に自己コントロールするんじゃろうなあ。なるほど」

しきりに考えこんでいた先生は、やがてなにかを決心したかのように顔を上げた。咲良の方に手をのばす。

「俺にも一冊くれ」

「あ、先生もやるんですか。私たちもやるんですよ」

戦うのは選手だけではない。千中ではマネージャーもコーチもノートをつけていた。が、にこやかにノートを差し出した咲良に、先生は真面目な顔で返した。

「レコードダイエットしてみる」

「そっちかい」

思わず突っ込んでしまった咲良だったが、先生はよい思いつきをしたみたいな顔になっていた。

「感覚は目に見えん。けど俺がやせてくのは見えるじゃろ。お前ら、力が自分の中に蓄積《ちくせき》されるかどうか不安じゃろうから、俺の体で確かめるとええ。こっちで減ったもんが、お前たちの中に増えたと思やあえええわ」

「……」

「はあ」

「そういうことなの？」

部員たちがさらに懐疑的に首をかしげるのも無理はないことだが、大熊先生はみんなの見ている前でノートを開き、一ページ目に大きく書いた。

98キロ
現在の体重らしかった。

8

咲良《さくら》の足が思わずすくんでしまったのは、その日の練習を終え、荷物を持ってマネージャー室に向かっているときだった。向こうから、運動部女子のグループが歩いてきたのだ。ユニフォームを着ていたわけではない。道具を持っていたわけでもない。それどころか、女子たちはすでに制服に着替えていて、通学かばんを持っていた。けれども、

バレー部だ。

そのグループを見ただけで、咲良にはわかった。知っている顔があったわけではない。背中にひっかけているスポーツバッグがかろうじて、運動部を示すヒントだっただけだ。たしかにみな身長は高かったが、バスケ部ではないことまでなぜかわかった。女子たちは、県大会では一、二を争う強豪青嵐学園《きょうごうせいらん》高校女子バレー部。

みんな溌剌《はつらつ》としていた。思う存分体を動かしてきたはずなのに、疲《つか》れるどころか、余ったパワーがはちきれそうだった。大きな声でしゃべり、つつき合い、笑っている。

女子たちはすくんでしまった咲良になど気に留めることもなく、笑いさざめきながら、通りすぎて行った。

すれ違い際《ぎわ》、懐《なつ》かしい香りが咲良の鼻孔《びこう》を刺激した。運動部の女子たちにありがちな制汗剤《せいかんざい》と冷却剤《れいきゃくざい》のさわやかな青い匂《にお》い。そこに潜んでいる匂いを、咲良は無意識に探してしまう。しみついたものの匂いを。思わず空気を吸い込んでしまった鼻が、革《かわ》の匂いをたちまちとらえ、頭にくっきりと像を浮かばせた。白い革のボール。ぐらりと足元が揺《ゆ》れた気がした。

「大丈夫？」

だが、遠くでした声にかろうじて支えられた。

「大丈夫です」

顔を上げると直《なお》がいた。声は遠くからきこえたはずだが、すぐそばにいた。

「あとは私がやるから、湯田《ゆだ》さん先に帰って」

マネージャー室に戻ってから直は言った。本来なら練習の記録と日誌をつけるまでが仕事だが、代わってやってくれると言う。

もう気持ちは切り替わっていたが、直の態度は例によって断固としていて、咲良は素直に従うしかなかった。

顔色でも悪かったかな。

帰りのバスの車窓《しゃそう》は、顔色までは映し出さなかったけれど、少なくとも明るい顔ではなかった。

どうしてあんなに動揺《どうよう》してしまったのか、自分でもわからなかった。バレーをやめて一年半。バレーにはあまり近寄らないようにしていたのは事実だが、まったく遠ざけていたわけではない。授業でやることもあったし、テレビ中継でゲームをやっていれば、見ることはあった。だからバレー部員を見かけたくらいで、あんなふうに体が凍りついてしまうとは、意外だった。

原因は、思い出したくないことまで思い出してしまったからだと思う。

咲良の記憶を刺激したのは、直から頼まれた「千中《せんちゅう》バレー部で自分がやってもらっていたこと」を思い出す作業だった。

バレー部員とすれ違ったときに見せた咲良の変化から、直にもそれがわかったのだろう。だから、あんな言葉をかけてくれたのだ。

すごいな、マネージャーって。

咲良は車窓に向かってため息をついた。

シューコ。

この数日、何度も思い出している顔が、迫ってくる。

和久井修子《わくいしゅうこ》。咲良がしきりに思い出しているのは、千里《せんり》中学校時代の同級生で女子バレー部マネージャー、シューコの顔だった。

全国水準の千里中学校バレー部には、五十人を超える部員がいた。そのうち、試合にエントリーできるのが、十二人。出場できるのはだいたい十人、スタメンは六人だ。厳しい競《せ》り合いに勝った者だけがレギュラーになれる。そのチームで、咲良は一年生のときから目立った部員だったが、違う意味で目立つ部員がシューコだった。シューコは、どうしてバレー部に？　とたずねたくなるくらいのレベルだった。千中でバレーといえば、女子の部活の中ではいちばん存在感があった。そこに入部しようという生徒たちは、大半が経験者で、かつ一定のレベル以上だった。それくらいの実績がないと、入部してからついていけない。「初心者でも大丈夫」という部活動ではなかったのだ。

そんな中、シューコは初心者だった。それなりの自信と強い負けん気を持って入部してきた経験者の中での、ど素人《しろうと》。しかも、際立った運動能力があるわけではなかった。持久力もジャンプ力も、中学生女子の平均くらい。筋力にいたっては、「軟体動物か」というくらい貧弱だった。準備運動でたった十回の腹筋運動をするのに、耳の裏まで真っ赤になっていたシューコの姿は、咲良の目に焼きついている。中学生女子の平均以下ということは、つまり、千中バレー部内では、だんとつで基礎体力が低いということになる。

咲良にはまったく理解できなかった。だから率直にたずねてみた。

「どうしてバレー部に入部したの？」

質問に対するシューコの答えは、質問以上にストレートだった。

「バレーが好きだから」

「……ふうん」

好きだけで通用するとは思えなかったが、口先だけでは納得したふりをした。するとシューコは、あろうことか、

「湯田さん以上にね」

と、付け加えた。基礎体力はなくても、鼻《はな》っ柱《ぱしら》だけは強いようだった。

生意気。

同級生ではあったものの、咲良は心の中でシューコをそう判断した。そして、なるべく視界に入れないように心がけた。特に練習風景は見ない。相手コートに入れるのもままならないサーブや、腕ではなく、ひじの内側で受けてしまうレシーブ、明らかに高さが足りないトスなどを見ると、戦意を失ってしまうからだ。虚脱《きょだつ》というより、

怒りがわいてくるくらいだった。

早く辞《や》めればいいのに。

偽らざる咲良の気持ちだった。実際退部していく部員は少なくなかった。練習についていけないのは、シューコだけではなかった。小学生時代、それなりの実績があり自信を持って入ってきても、まるで通用しない。自信があるだけにおもしろくなかったのだろう、いや、だからこそ挫折《ざせつ》してしまうのだ。夏休みを迎える前には、二十三人いた一年生は、十五人になっていた。

しかしシューコは辞めず、夏休みの厳しい強化練習にも休まずに参加した。練習試合にも欠かさずやってきた。出してもらえないにもかかわらず。

「シューコさんは粘《ねば》り強いわね」

指導してくれていた外部コーチはそんなふうにシューコをほめた。本心から言っているようだったが、咲良にはまったく理解できなかった。

「えーっ、粘り強いって言う？」

場の空気が読めないって言うんじゃない？

本当は言いたかったが、さすがに胸の中に納め、半分だけ言った咲良を、またもシューコは睨《にら》みつけた。

「湯田さんよりはね」

思わず舌《した》を出してやった。本当にわからない人だった。ついていけない練習をやっても、出してもらえない試合にやってきても意味がないだろう。もしかしたら、なんらかのアクシデントがあって、ひょっこり出してもらえるというシチュエーションを期待しているのだろうか。それならあまりにしくみがわかっていない。だって、シュ－コは補欠にすら入っていないのに。

そんなシュ－コが思いもよらぬ宣言をしたのは、二年生になる直前だった。練習のあとのミーティングで、突然手を上げたのだ。

「あの、ちょっといいですか」

「辞めるの？」

うっかり口を滑《すべ》らせてしまった咲良に鋭《するど》い視線をさし向けて、

「二年生から私、マネージャーになります」

と言った。

「マネージャー？」

咲良は語尾を上げた。いくら千中バレー部が全国レベルとはいえ、マネージャーなんてこれまでいなかったからだ。咲良がマネージャーという言葉から連想する仕事は、一年生がやっていた。ネット張りとか、掃除《そうじ》とか、遠征《えんせい》のときの荷物持ちとか。せっかく二年生になるというのに、シューコはまだ雑用をやるのだろうかと思っていると、

「私からお願いしたのよ」

コーチが口をはさんだ。

「シューコさんはバレーのことをよく勉強しているし、気が利くから、私の右腕になってもらおうと思ったの」

千中の外部コーチは、その年に新しく就任した人だった。かつては実業団チームで活躍していて、一線を離れてからは指導者の資格も取り、大学の講師もしている人が指導してくれるときいたとき、咲良たちは期待し、それだけで張り切った。しかもコーチの指導は、期待以上に素晴らしかった。実践と理論を兼ね備えた教え方は的確で、たちまち部員たちの信頼を取りつけた。

そのコーチがどこか得意そうな顔で言うのだ。シューコは雑用をするのではなくアドバイザー的な存在になることを。そして、スタッフも含めた部員全員の結束を強化し、今年は一丸となって全国大会で結果を出したいと、コーチは真顔で言った。

それは〝実現可能な目標〟だし、それどころかいっそう声に力をこめて、こうも言

った。

「このチームなら、できると思う。みんながやる気になれば、全国制覇《せいは》だってできる」

「本当ですかっ」

シューコの立場はさておき、この言葉には咲良も色めき立った。

もちろん咲良以外のみんなもそうだ。アスリートなら誰だって頂点を目指したいと思うだろう。全国で優勝すれば、ユースからも声がかかるし、オリンピックだって夢ではなくなるのだ。

「もちろん」

咲良の問いにコーチは顔を引きしめた。覚悟がくっきりと見て取れた。

「あなたたちならできる。全国制覇するのよ」

「はいっ」

それを受け取った全員がやる気をみなぎらせる前で、

「みんなが能力を最大限に発揮《はっき》できるよう、私も頑張ります」

シューコも力強い宣言をした。

夜　筑前煮《ちくぜんに》　塩サバ　刺身《さしみ》（マグロ、カンパチ）　白ご飯　味噌汁《みそしる》（ネギ　ホウレンソウ　しめじ）

夜食　かま揚《あ》げうどん（うどん　生卵　ネギ）

朝　牛乳がけフレーク（チョコ味）オムレツ　ウインナーソーセージ三本　サラダ（ゆでブロッコリー、トマト）　バナナ　青汁《あおじる》

昼　カツどん（大）　たくわん二切れ　味噌汁（わかめと豆腐）

おやつ　カレーパン　青汁

「めっちゃ食べてる」

大熊先生の自分ノートを見た咲良は、のけぞった。

「あ、やっぱり？」

先生もばつが悪そうな顔をしている。

「こうして見ると、よくわかるもんじゃなあ。驚いたわー」

さっそく記録式ダイエットの効果を確かめたようだ。感覚ノートは個人の感覚を記すものなので人には見せなくてもいいが、先生は、マネージャーたちにノートを見せてくれた。誰かと驚きを共有したかったのだろう。

「炭水化物が多すぎますね」

のけぞっている咲良の隣《となり》で、直が短いコメントを述べた。アスリートにとって贅肉《ぜいにく》のもとになりやすい炭水化物は、必ずしも重要な栄養素ではない。速効性はあるから、試合前にはうどんや大福を食べる選手はいるが、普段はむしろ避ける傾向にある。筋力や骨を作るのに積極的にとりたいのは、タンパク質とカルシウムだ。

「青汁飲んどるから、ええんじゃないか？」

冷たい顔の直に、先生は言い訳した。

「炭水化物は青汁ではチャラにならんか」

「きいたことありません」

直に突き放されて、先生はしゅんとしていたが、今朝の体重98・8キロでは叱《しか》られても仕方ない。ダイエットを始めると言った先から、一キロ弱増えているのだ。それにはさすがに先生も応えている様子だ。

「まずこれがいけないんじゃないですか」

咲良は朝食の欄《らん》を指示した。「日本人ならご飯とみそ汁に限る」的な生活を送っていそうなのに、意外なメニューでもあった。牛乳がけチョコフレーク。

「まあ、俺らは第一次ケロッグ世代じゃからのう」

よくわからない説明をする先生に咲良は、アドバイスをした。

「せめてこれをチョコじゃなくて、玄米フレークにしたらどうですか。甘さが足りなかったらハチミツかけて」

別にプーさんをイメージしたわけではないが、ハチミツとアスリートは相性がいいのだ。

昔、バレーの試合前に飴《あめ》を口に入れようとした咲良は、シューコに叱られたことがある。

「飴は血糖値が急激に上がるから、動きが鈍《にぶ》くなるの。試合のときはこれがいちばん」

そう言って、出してくれたのは、ハチミツ漬《づ》けレモンだった。

つい思い出につまずいて、胸がチクンとしてしまった咲良だったが、直は隣でガツンと言った。

「ハチミツはいいんですよ。甘みが強いから、小量で満足できます。だいたい先生は甘い物のとりすぎです」

「青汁飲んでるからいいんでないの？」

「青汁信用しすぎ」

咲良も思わず突っ込みながら、胸の痛みを気にしてしまう。

自分ノートはマネージャーも書くことにした。昨日は一行、〝なんとなくもやもや〟と書いた。シューコの記憶が、もどかしいような痛みとともによみがえってきて、いつまでも咲良の胸をどんよりとさせていたのだ。帰りのバスの車窓に吐きかけたため息でできた曇りみたいだった。

考えてみると不思議だと思う。高校に入学してマネージャーになろうと思ったとき、咲良の頭の中にはシューコなんかいなかった。とりあえずバレー部のマネージャーは避けることは考えたものの、それもシューコを意識してのことではなかったはずだ。

「バレーが好きだから」

シューコの言葉だ。

「湯田さんよりもずっと」

そうだめ押しされたときに、なにも言い返せなかったのは、それどころか一瞬カッとなったのは、核心を突かれてしまったからだろうか？　自分はバレーのうまさではシューコに勝っていたけれど、シューコほどバレーが好きではなかったのかもしれないと、本能的に知っていたのかもしれない。本当に？

「なにやってんのー」

胸の中で出口の見えない自問自答を繰り返していると、向こうから直が叫んだ。

「すみませーん」

体を電流が通り抜けたみたいになった咲良は、ストップウォッチを握りしめて、走った。


記録ノートの成果がいちばんに出たのは、やはり大熊先生だった。

「なんか、めっちゃやせましたね」

「すごいんですけど」

部員たちがグラウンドに現れた先生を取り囲んだのは、記録を始めてたった数日後のことだった。毎日見ているはずなのに、咲良も部員と同じような感想を持ったのは、先生のジャージが紺色だったこともあるだろう。膨張色《ぼうちょうしょく》の黄色に比べて引きしまって見えた。

が、実態も伴《ともな》っていた。

「そうじゃ。これを見ろ」

印籠《いんろう》でも示すように突き出したノートには、94・3キロと書いてある。

「すごい。3・7キロも減っている」

即座に計算をした大黒に、先生は、

「いや、5キロくらいは減った」

と、いったん増えた分を上乗せして威張《いば》った。

「5キロの壁《かべ》はすごいぞ。昨日までは家族も気がつかんかったが、今日はかみさんからも娘からも、びっくりされた。5キロ減になって顔がだいぶやせたんじゃ」

確かに先生の顔は一回り小さくなっているような気がする。

「ちょっと見せてください」

示されたノートを確認して、咲良は声を上げた。

「わ。改善されてる」

「家族に協力してもろうたんじゃ」

そこには、チョコフレークの文字と、おやつという単語がなかった。その代わりに、ハチミツ、鶏《とり》ササミ肉、鶏胸肉、小松菜などの食材が登場していた。夜食の欄には味噌汁（フリーズドライ）と記されていた。

「そうじゃ。ここは湯田のコメントを参考にした」

前におびただしい脂質と糖質の羅列《られつ》のメニューを見たとき、咲良はあるものを思い出した。由真のつけていた記録ノートだ。由真のノートはいつも持ち歩いているのでめくってみると、記憶の通り、アスリートに必要なメニューがいくつか書いてあった。その中には、「お腹がすいて眠れないときは、味噌汁ならＯＫ」という記述があった。発酵《はっこう》食品は体を温め、新陳代謝を助けるのだそうだ。咲良はそれを参考にして、先生のノートに赤ペンでコメントを入れたのだった。

「私っていうより由真さんですけど」

咲良は言ったが、これほどすぐに成果が出るとは思いもよらないことだった。

「この体をよく見よ」

先生は、部員の前で胸を張り、言った。

「俺から落ちたもの同じくらいの量のなにかがお前たちの中に蓄積《ちくせき》しているはずだ。それをイメージしてみろ」

「げ、贅肉《ぜいにく》？」

つい口走った天野に、先生は静かに首を振った。

「もっと強いものじゃあ。いや、蓄積することによって強くなっていくものと言ってもいい。今はわからんかもしれんが、しかるべき強さになったとき、自分でもはっきりと気がつくはずじゃ」

先生は、ぱっちりした目で部員を見据えながら言った。言っていることは体重ほどはすっきりしていなかったが咲良は自分の体を見下ろしてみた。言葉がすっと胸に落ちていくような気はした。

9

感覚ノートをつけ始めて一週間。青嵐《せいらん》学園陸上部、リレー強化チームの調子は上がってきた。励《はげ》みになったのは、ノートそのものなのか、変化する大熊《おおくま》先生の体なのかは不明だが、練習に対する集中力が上がってきたのは、咲良《さくら》も肌《はだ》で感じることだった。

ノートのほかにも、咲良はウォーミングアップの仕方を部員に提案してみた。さまざまな陸上の本から見つけ出した最新のやり方だ。手本にしたのはオリンピック選手が著したトレーニング方法の本だったが、アップのやり方ひとつ変えただけで、ぐっと意識が変わったと書いてあった。

これだ、と思った。これまで部員たちがやっていたアップとは違っていたが、新しい動きが体に異なる刺激をもたらすことがあるのは、咲良も経験上知っている。

やったね、私。

目論見《もくろみ》通りタイムを縮めている部員を眺めながら、咲良はうれしくなってくる。なにしろ自分の発案が成果につながっているのだ。

特に調子を上げているのは、山下だった。

「昨日はすごかったじゃん」

朝、登校した咲良は高揚《こうよう》した気分のままに、隣の席に声をかけた。前日の練習で山下は自己新記録を出していた。

「まあね」

山下は、右手のラップの芯《しん》をくるっと宙返りさせて答える。ラップの芯もすっかり手になじんでいるようだ。

「次の試合では走れるんじゃない？」

昨日の記録は、いつも競《せ》り合っていた東平《ひがしだいら》を軽く超えたばかりか、堂本《どうもと》にも迫る勢いだった。本心を言う咲良に対して、山下は、

「いやいやいやー」

と謙遜《けんそん》しながらも、まんざらでもなさそうだった。

「ノートつけたのがよかったんじゃない？」

さりげなく自分ポイントをアピールしてみると、山下はちょっと考えたのち、

「あ、いいかもな」

と、言った。

「でしょ、でしょ」

「うん。なんか、自分の体を意識するにはいいかもしんない。今まで疲れた、とか、体がいてーとしか思ってなかったから」

山下は左手でバッグを探り、感覚ノートを取り出した。

「へえ」

のぞき込んでみて、咲良は思わず声を上げた。一日当たりのスペースに、自分にしかわからない、細かな感覚が書いてあった。

〝ハムストリングがいつもよりだるい〟

〝かかとに鈍《にぶ》い痛み〟

〝腕の振りが軽かった〟

〝手のひらを脱力してみたらよかった〟

さらにそこに、タイムが書き添えてあるので、タイムの良し悪《あ》しと体の感覚の関係を調べるのにも役立ちそうだ。誰かさんの、食べた物の羅列《られつ》のノートとは充実度が違

う内容に、咲良は大いに満足した。

ところが。順調に見えた練習に影が射した。最初の兆候《ちょうこう》は、またも大熊先生だった。出張で不在だった先生が帰ってきた日。

「先生？」

その日、グラウンドにやってきた先生を見て、咲良は首をかしげてしまった。先生のジャージが黄色に戻っていたからではない。いや、それも確かにあるが、なんとなく顎《あご》のラインがぼんやりしていたからだ。

「リバウンドですか」

冷たく問う直《なお》に、先生は苦笑いをこぼした。

「いやあ、じつは先週の半ばあたりから、体重の変化がピタッと止まってしもうとったんじゃ。いや、ちゃんとコントロールはしとったんだぞ。むしろ、頑張ったつもりじゃけど」

きけば、それまで順調に減ってきていた体重が減らなくなったので、おやつも、味噌汁の夜食も我慢したそうだった。けれども、体重の減少はぴたっと停止したままだという。自分でもわけがわからないみたいに首を振る先生に、直は抑揚のない声で、

「停滞期ですね」

と言った。

「あ、それきいたことあります。体が入ってきたカロリーだけで、体重を保とうとするんですよね。停滞期って必ずあるんですよね」

ダイエット知識は、女子高生には常識だ。擁護した咲良だったが、直の方は容赦《ようしゃ》がなかった。

「停滞期なら減ることはなくても、太りはしないでしょう？　コントロールしてたなんて言って、どう見ても二キロは増えています」

鋭い目をさし向けた。すると先生はぺろりと舌を出し、

「いやあ、一昨日《おととい》は久しぶりに幼《おさな》なじみがたずねてきてくれてのう」

と、自供した。

「面白いもんだな、土産に持ってきてくれたじゃこ天がうまくてうまくて。一口食べたら止まらんようになってしもうて。次の日も」

先生はノートを取り出した。まずいと思いながらも、記録をしてしまうのは、さすがは真面目な教育者だと思ったが、びっちりと書かれた記録には、おやつも、夜食もあった。無邪気なだけかもしれない。

「リバウンドですね」

直は言い、さらに冷酷《れいこく》な提案をした。

「こういうのは停滞期ではなくリバウンドというんです。好物一口をきっかけに、どーんと戻る。今日と明日は一食抜いたらどうですか」

「えっ……」

先生は、絶句してしまった。

先生の体形を見た部員たちが、自分の体に蓄積されたものの存在を疑ったわけではないだろうが、その日の練習は調子が悪かった。


それから数日たって、先生のダイエットは持ちなおしたが、肝心《かんじん》の部員たちの調子は好転しなかった。相変わらず好調をキープしている山下以外、皆じりじりとタイムを落としてきていた。

「みんなどうしたんでしょうね」

見兼《みか》ねた咲良は、直や先生にも相談してみたが、

「ま、こういうこともある」

「周りが焦っても逆効果だから」

と、二人ともさほど気にしている様子もなく、咲良はいっそうじりじりしてしまう。なにか原因があるはずだ。自分だって、調子が悪いときにはそれなりの原因が必ずあった。

咲良は、ハーフパンツのポケットのあたりをギュッと握った。硬い四角いものが指に触れる。昨日、自分が拾ったものだった。

やっぱりこれも原因だ。

硬い手触りを確かめながら、ウォーミングアップをする部員を眺めていた咲良だが、小さく首をかしげた。

あれ？

ちょっとした異変に気がついたのだ。

「東平先輩、ちょっと待ってくださーい」

とっさに駆け出す。体の軸を作るためのストレッチをしていた東平がなにごとかと動きを止めたので、咲良はきちんと声が届くところまで駆け寄った。

「ケンケンドリルの次はケンケンスイングです」

「はあ？」

「だから、順番が逆なんです。ドリルの次はスイング」

ドリルで軸を使って弾《はず》めるようになったら、次は軸と反対の脚で弾むと、本に書いてあったのだ。何度も読んだので、きちんと頭に入っていた。が、まくしたてた咲良に東平も負けじと鼻息を荒らげた。

「順番なんかどうでもいいだろ」

「だめです。意味があるんです」

東平の受け答えがもう少し柔らかかったなら冷静にもなれたかもしれないが、むきになられたので、つい咲良もかちんと来た。

「ちゃんとやってください」

「やってるよ。自分なりにアレンジしてるの。その時々の調子は自分にしかわかんないんだっつーの」

「もー、やめなよー」

もめていると天野《あまの》が割って入ってきた。

「いいじゃん、咲良ちゃーん。ちょっと順番が違うくらいさあ。些細《ささい》なことじゃーん」

わざとらしいチャラっぽさも腹が立ったが、それよりもその適当な言い方がきさずてならなかった。自分は、何冊もの本を読み込んで、ベストと思えるアップ方法を紹介したのだ。些細なことと片付けられたくない。

それに天野には言っておかなきゃいけないことがある。

「天野先輩はもっとキャプテンらしくしてください」

「え〜、とばっちりだよ」

火の粉を払うように手を振る天野を、咲良はぐっと見据えた。

「これって、先輩のですよね」

ポケットから硬い物を引っ張り出した。天野の顔の前にかざす。

それは天野の感覚ノートだった。拾ったノートには天野走介《そうすけ》と名前が書いてあった。

「あ、あっとっと」

「しかもなにも書いてないですよね」

咲良はぱらぱらとめくって見せた。金曜日、グラウンドを引き上げる際、たまたま咲良が見つけたものだ。

天野は一瞬こそぎょっとしたような顔をしたが、すぐにチャラけた顔になった。

「わりい、わりい。まとめて書こうと思ってたんだよ。そんなに怒っちゃって、せっかくのかわいい顔が台無しだよーん」

「うるさいんだよっ」

突然怒鳴《どな》られて咲良は目を見開いた。それが自分の言いたかった言葉だったからではない。自分に投げられた言葉だったからだ。投げたのは、堂本だった。

「うるさ、い？」

「ああ」

確かめてしまう咲良に堂本はうなずいた。

「俺《おれ》らには俺らのやり方があるんだよ」

堂本は多少声のトーンを落とした。すると、大黒《だいこく》もそれに賛同した。

「そうだな。湯田《ゆだ》さんが一生懸命なのはわかるけど、強制されるのは気分がよくないな」

「強制してるんじゃありません。アドバイスです。助言です」

「いや、湯田のは押しつけだね。やってらんねー。はーっ」

声を震わす咲良に、東平は大げさなため息をつき、

「そうだな。的を射たアドバイスなら結果が答えていると思いますよ。少なくとも現状では助言とは言いにくい。どちらかといえば支配でしょ」

大黒は眼鏡の真ん中を押し上げて、理路整然と語った。慇懃《いんぎん》無礼《ぶれい》と言った方がいいかもしれない。咲良は援護を得るべくクラスメートを見た。

「山下は？　山下ならわかるよね。だって結果出してるもん」

「……」

が、山下は無言で目を伏せた。

裏切り者。

「まあ、まあ、まあ」

孤立無援になった咲良のところに、大熊先生がやってきた。直も一緒だ。

「男が五人がかりで攻め立てるなよ」

「いや、まさか女の子にそんなことはしませんよ」

助けもしてくれなかったのに、天野は両手をちゃらっと振った。

「攻めているわけではないですよ。こちらのスタンスを説明しているだけです」

「そうです。押しつけられるわ、怒られるわじゃやってらんねー」

慇懃な大黒と叫び散らす東平に続いて、堂本も言った。

「俺らにはこれまでのやり方があるんだよ。ぽっとやってきてかきまわされても困る」

「かきまわすって」

咲良は唇をとがらせた。自分だってよかれと思ってやっているのだ。一生懸命にやっているのだ。それにこれまでのやり方というのもひっかかる。

どうせ由真《ゆま》さんとは違うよ。

完璧なノートとともに、由真のたおやかな姿が思い出され、それがとげとげと内側から胸を突いた。

「まあ、湯田も一生懸命やっとるんじゃ」

黙ってしまった咲良に代わって、先生はとりなした。

「でもなあ、湯田。結局は自分なんじゃわ。自分で気がついて自分で動くやつしか強うならん。マネージャーができることは、強くなりたいやつが、思う存分力を伸ばしていけるように、サポートすることじゃあ。求められんことまでせんでええんじゃないか」

諭《さと》すような言い方だったが、咲良は首を左右に振った。まったく理解できなかった。

「……いやです」

声を絞《しぼ》り出す。

「はあ？」

「いやって、なんだよ」

「まじか」

男子五人の部員が一気にざわめいたが、咲良はきっと顔を上げた。部員一同を、ひとり一人にらみつける。

「じゃあ、なんのためにマネージャーがいるんですか？　下働きするためですか？　タイム計ったり、スケジュールを知らせたり、飲み物冷やしたりするだけですか」

訴えているうちに、情けなさがこみ上げてきた。

「タイムまちがってますよね」

そこに大黒の嫌味《いやみ》なひと言がきこえて、涙《なみだ》が出そうになるのを咲良はぐっとこらえた。

「私だって、頑張ってるんです」

歯を食いしばる。

「お？」

咲良の迫力に気圧《けお》されたのか、周りから声がもれた。

「青春をかけてるんです」

さらに声を張ると、

「お〜」

ざわめきがおこった。部員たちはちょっと感心したようだった。咲良はさらに語気を強める。

「そりゃあ最初は邪《よこしま》な気持ちだったけど、今はそんなのいっさいないっ」

言葉を向けた堂本は無反応だったが、かまわず続ける。

「みんなが勝ちたいみたいに私だって勝ちたいです。だったら頑張るのは当然じゃないですか。私は走らないけど、走っている人と同じくらいエネルギーを注がないと失礼じゃないですかっ」

「まあ、まあ、そう熱くなんないで。かわいい顔が台無しだよ、咲良ちゃーん」

「やり方なんだよ」

茶化すような天野と、高圧的な大黒の声は無視をして咲良は続けた。

「初めて試合をまぢかで見たとき、体の中がどんでん返ったみたいだったんです。みんなが走る姿に全身が震えたんです。これに青春をかけるって決めたんです。突っ走るしかありませんっ」

最後のフレーズは、ほぼ絶叫だった。

10

「次の月曜日、ひま？」

直《なお》から突然たずねられたのは、咲良《さくら》が啖呵《たんか》を切った翌日。五月半ばの金曜日の練習が終わったときだった。

「月曜日ですか？」

オウム返しをしてしまったのは、その日から部活が休みになる予定だったからだ。定期テスト前の一週間が始まる日。

「そう。つきあって欲しいところがあるの」

「私はいいけど、試験勉強とかいいんですか？」

三年生は一年間の成績が内申《ないしん》にかかわるだろう。けれども直は質問には答えず、

「じゃあ、授業が終わったらマネージャー室に来てね」

とだけ言った。

そして月曜日の放課後、向かったマネージャー室にはすでに直がいた。

「お待たせしました」

咲良は目を伏せて言った。直とはあの騒ぎ以来特に話をしていなかった。直は部員

たち相手に孤立無援《こりつむえん》だった咲良を、その場でもあとからもなんのフォローもしてくれなかった。かばってもらおうとは端《はな》から思ってなかったが、それにしても慰《なぐさ》めの一言もなかった。

「じゃあ、行こうか」

直は咲良の顔を見るなり言った。

「どこにですか」

咲良は慌《あわ》てる。どこに行くともなにをするとも教えてもらっていないのだ。ともかくあとを追う咲良を振り返って、直はにこっと笑った。妙《みょう》に優しい笑顔だった。そして言った。

「由真《ゆま》のお見舞《みま》い」

由真の入院している病院は、ＪＲで咲良の家とは反対方向に三つ行った、Ｍ駅が最寄りだった。「交通費は持つ」と言ってくれたが辞退すると、直はホームでグリコのセブンティーンアイスをおごってくれた。チョコミント味をチョイスして、ホームのベンチに座る。通勤や通学のラッシュでもない時間帯のホームには、誰もいなかった。

セブンティーンアイスはちょっぴり硬い。冷たくて、歯ざわりしか感じないチョコを、すっきり香るミントでくるむようにして噛《か》む。そのうちほぐれてきて、チョコが溶けて甘《あま》さがたった。

一方の直は期間限定のみかんシャーベットを購入。一口かじって、

「うー、おいしい」

と目をつぶって身もだえした。クールな直らしからぬ反応だが、シャーベットの中のみかんの粒《つぶ》がたまらないのだという。

「あれから先生に叱《しか》られちゃって」

つい口をついたのは、甘いアイスで咲良の心も少しほぐれたからだろうか。大熊《おおくま》先生には、もめごとがあった次の日に呼ばれた。

「叱られちゃったの」

幸せそうにみかんシャーベットを食べながら、直はリピートした。疑問だか念押しだかわからない微妙なアクセントだったが、咲良の口からは、促されるように言葉が飛び出した。

「まず、指導は監督の仕事だから、指導は自分がやるって言われました。それにしたって指導にはいろんなやり方があって、どれがいちばんってことはないって。選手に

合う合わないもあるし、はやりすたりもある。しかもいいと言われていたトレーニング法があとになって、間違っていたこともあるから、どれが最善だとは言えないって」

先生自身も迷っているような言い方だったが、それでもぴしゃんと言われた。

「大事なのはお互いの信頼関係なんじゃから」

信頼関係がない相手に、押しつけるようなことをしても受け入れられない。たとえそれが正しいことでも、むしろ正しいことだからこそ、反発を招くことがあるという意味だ。

話をしているうちに、アイスクリームは食べ終わり、ちょうど電車がやってきた。

十分ほどで目的の駅につく。M駅付近は、市内で二番目の繁華街《はんかがい》だ。駅前の歩道橋を渡り、銀行やファッションビルが立ち並ぶ大通りを山の方にまっすぐに進む。だんだんと緩《ゆる》やかな坂道になってきたところに、ガラス張りの大きな建物が見えてきた。入口にM総合病院の看板が出ている。

「すごくきれいですね」

看板がなければ、ホテルかなにかと間違えそうだ。シンプルだが重厚な感じの建物をしげしげと眺めていた咲良だったが、ふと目を止めた。玄関わきの駐車場の入口に、

〝大黒《だいこく》パーキング〟の文字を見つけたからだ。

「大黒って……」

まさか、と思いつつ途中で切った質問に、直はあっさり答えた。

「ああ、このあたり、大黒くんのお家の土地らしいわよ」

「ひぇー、まじで？」

返す返す、あの性格でなければと思う。

「すごいよね」

人知れず悔《くや》しがる咲良に、直は感情がこもらないあいづちを打って、病院の中に入って行った。慌てて咲良もついて行く。

病院特有の匂《にお》いを感じながら、エレベーターに乗り込んだ。直の進路に迷いがないのは、何度も来ているからだろう。直の指が十三のボタンを押した。壁《かべ》に貼《は》ってあるプレートの十三階の欄《らん》には、血管外科、脳神経外科の文字があった。

エレベーターが十三階で止まり、二人は降りた。明るく清潔な感じがする通路を通り、直はつきあたりのドアの前で止まった。ドアは閉まっていたが、四人部屋のようだ。ドアのネームプレートは三人分入っていて、上から二つ目に、進藤寺《しんどうじ》由真の名前が入っていた。

コンコン。

直はドアをノックして開けた。

「こんにちは」

挨拶《あいさつ》の声に、咲良も遠慮がちに続いた。

「おじゃまします」

言いながらきょろきょろと見渡したが、思わず息を呑《の》みこんだ。

由真さん？

直が近づいて行った先にいるのはどうやら由真らしい。窓際のベッドを起こして、背もたれに上体を預けて座っている。けれども由真の印象は以前会ったときとはまるで違う。

「ああ、いらっしゃい」

だが声がきこえて、やっと納得をする。この柔らかな声は、確かに由真のものだ。

「湯田《ゆだ》さんも来てくれたんだ。ありがとう」

「いいえ、どういたしまして」

答えながら少し落ち着いた。やっぱり由真だ。そして変に感動してしまった。どんな状況でも由真の声は、人の心に染み込んで落ち着かせる。

ベッドに座った由真は、スカーフをターバンみたいに巻いていた。思わず注いでしまったぶしつけな視線を、咲良は無理やりそらした。同時に心臓が激しく打ち始める。スカーフの中がどうなっているのか、容易に推測できた。

「びっくりしたでしょう」

そんな咲良の胸の内を見抜いたように由真は笑った。

「さっき剃《そ》ってもらったの」

言いながら由真はさらりとスカーフを取った。

「ほら」

剃髪《ていはつ》された丸い頭があらわになる。

「あ、えっと」

咲良はうろたえてしまったが、由真は笑顔で、直もいつもと変わらぬ調子だった。

「かわいいいじゃない」

「そうでしょ」

「ま、まあ」

なんと答えるのが正解なのかはわからなかったが、確かに由真の頭はかわいらしくはあった。由真の目はぱっちりと大きいから、小坊主みたいな印象だ。

「明日手術だからね」

由真は言った。これまで詳しくはきいてなかったが、病名は脳腫瘍《のうしゅよう》というものだという。頭痛があって検査をしたところ、腫瘍が見つかり、取り除くことになったということ。幸い、悪いものではないらしく、とってしまえば安心ということだった。

余計な心配をさせたくないのか、病気の経過を由真はからりと語ってくれた。そればかりか、マネージャーを始めたばかりの咲良に気をつかってまでくれた。

「湯田さん少しは慣れた？　大変でしょう」

「あ、はい」

自分の名前に一瞬反応したものの、咲良は言葉に詰まった。由真の方が大変なのに、自分のことを心配してくれるなんて。

ここは嫌でも強がって、安心させなければとわかっていたのに、咲良はほとんど泣きそうになってしまった。

「はい。大変です」

正直にうなずいてしまった。すると、由真は少し笑って、

「頑張ってるんだね」

と、うなずいた。涙腺《るいせん》が崩壊《ほうかい》をしそうになるのを鼻を膨らませて耐《た》えている咲良に、

「ちょっと暴走気味だけどね」

直が冷静なコメントを補った。おかげで涙は引っ込んだ。

「堂本《どうもと》先輩から『走るのは俺らだ。マネージャーじゃない』って言われました」

あの日、「突っ走るしかないっ」と絶叫した咲良に堂本は冷やかな言葉をかけた。

もっともだっただけに、言い返す言葉を失った。次の日先生から諭《さと》されて、自分勝手な思考だったと、認めざるをえなかった。

「あ、そうだ。堂本くん、もう来た？」

面白くない気分にさいなまれていると、直がぎょっとするようなことを言った。げ。来るの？

「うん。来てくれるって言ってたんだけど、断ったの」

咲良の動揺には気がつかないのか、由真はすまなそうに答えた。やりとりから、見舞いを申し出た堂本を、由真が断ったということがわかった。

「ラインで由真の体調がいいときいて、堂本くんすぐにでも会いに行きたそうにしてたのに」

「だって、これだもん」

直が言うのに、由真は頭を触《さわ》ってみせた。

「せめてもうちょっと伸びてから会いたいでしょ」

乙女心はよくわかった。

「ウィッグをつけたらどうですか」

余計なことかもしれないけれど、咲良はつい口をはさんだ。が、由真は首を振った。

「うん。それも考えたんだけど、いいの。病気も自然になったんだし、自然にしとくわ」

強いな。

咲良は思わず息を呑《の》む。病気をも自然現象だと捉《とら》える由真をまじまじと見てしまう。

と、

「あ、堂本くん」

直が声を上げた。直にしては高い声で、視線を流した咲良もまた、

「堂本せんぱ」

叫びそうになった。が、口を両手でふさいだ。ここは病室だ。

入口に立っていたのは堂本だった。が、昨日までの堂本ではなかった。なんと堂本は、丸坊主だったのだ。それも山下よりも薄い。

「しぇー」

咲良は目をむいた。これまでも堂本は髪を短くはしていたが、おしゃれな感じだった。元々毛髪の質が直毛で硬《かた》いらしく、普通にしていても上を向きがちで、それがシャープな顔立ちとも似合っていた。でも今は、由真が小坊主なら、堂本は修行僧《しゅぎょうそう》だ。

「おぼうさ……」

が、言いかけた比喩《ひゆ》を咲良は止めた。堂本の気持ちがわかったのだ。髪の毛を剃《そ》った由真に少しでも心を寄せたかったのだろう。しんみりしてしまった咲良だったが、

「きゃきゃきゃ」

由真はけたたましく笑い始めた。

「どうしたの、それ？」

坊主頭が、笑いのつぼにはまったようだ。お腹を押さえながらたずねる由真に、

「暑いから」

堂本は少しぶすっとした。

堂本と入れ替わりに、直と二人おいとまをすることにした。

「堂本先輩、いいとこありますよね。由真さんに気まずい思いをさせたくなかったんですね」

病院を出てから咲良が言うと、直はまたちょっと違う見解を示した。

「堂本くんも、自分に気合いを入れたかったのかもね。あの人、自分が頑張ることが由真の力になると信じてるから」

「ああ、そうなんですか」

咲良は足を止めた。

由真と堂本は、お互いがお互いを力にして頑張っているんだな。

人が人を支えるのは、一方通行では無理なのかもしれない。やみくもに引っ張ろうとしても、全力で押しても動かないものは動かない。

突っ走るな。

堂本のセリフを思い出していると、直が振り向いた。そして唐突《とうとつ》に質問をした。

「湯田さん、どうして私があなたをマネージャーにしたいと思ったかわかる？」

「結果を出そうとしてないからでしたっけ」

思い出して咲良ははっとした。それならもう自分には務まらない。けれども直は先を行きながら首を振った。

「もっと大切なことがあるの」

咲良は走って直に追いついた。

「なんですか？　それ」

詰め寄る咲良に直は、少しだけ口元を緩《ゆる》めて言った。

「声」

「声？」

え？　もしや、私の声が由真さんみたいだというのだろうか。

咲良の頭に強い期待が素早く廻《めぐ》る。

由真さんの声みたいに人を安心させる声だから、マネージャーに向いていると思ったのだろうか。

甘やかな妄想《もうそう》とともに、耳が直の次の言葉を待った。だが、直は言った。

「うん、でかいから」

「でか？」

「そう。私は声が細いから、グラウンドの隅《すみ》まで届かないの。だから応援してもらうのにいいかと思ったんだよね」

「そっちかい」

咲良は思わず突っ込んだが、

「声の訴求力《そきゅうりょく》は大きいよ。応援は大切」

断言する直にはうなずかざるをえない。応援の声は確かに力になることを、咲良は知っている。

11

「天野《あまの》先輩《せんぱい》ファイトッ」

咲良《さくら》の声がグラウンドに響《ひび》き渡る。試験明け、久しぶりの練習だ。そして試合に向けての本格的な練習の始まりでもある。

夏は学生スポーツの活動期だ。短距離もその例外ではない。県大会、ブロック大会、そしてインターハイ。全国につながる試合のスケジュールが今日、部員たちにも配られた。まず目指すべく県大会は、すぐそこに迫っている。

休み明けではあったが、大熊《おおくま》先生は本格的なリバウンドをおこすこともなく、むしろややスリムになった姿で現れた。そして部員を前にこう言った。

「今年の目標はインターハイだったな」

「はいっ」

部員たちも力みなぎる返事をした。それぞれ自主トレはしていたものの、試験期間を含めて十日間ほど部活から遠ざかっていた物足りなさもあったのだろう。東平《ひがしだいら》は大げさなガッツポーズをつけ、堂本《どうもと》もすがすがしい頭のまま腹の底から声を出した。

部員たちの頼もしい意気込みに、先生はいっそう声を張り上げた。

「戦うぞ！」

「はいっ」

部員の決意が肌《はだ》を通して伝わり、咲良はすでに汗《あせ》がにじむほどの熱を感じた。

「大黒《だいこく》先輩ファイトッ」

「堂本先輩ファイトッ」

咲良はその熱をこめて声を張った。ひとり一人に丁寧《ていねい》な応援を送ることが、自分にできることのひとつだ。

「ファイトッ」

直《なお》も直なりに声を合わせてくれている。

「ダイラ先輩ファイトッ」

「ファイトッ」

「山下ファイトッ」

「ファイトッ」

やはり応援は大事だ。二人の声を受けて、部員たちの士気が上がっているようなのが見て取れた。実際タイムも好調で、咲良は手ごたえを感じた。やはり、試合が迫ると違うものだと思う。

啖呵《たんか》を切って以来、ちぐはぐになっていた歯車が、やっとすんなり動き始めたみたいだった。


六月半ばの土曜日、県大会が行われた。リレーのオーダーは、若葉《わかば》記念大会のときとは少し替えられ、一走が天野から堂本になった。最終的に堂本の平均タイムが天野に勝っていたからだ。堂本の並々ならぬ気合いは、タイムにしっかりと反映されていた。

会場は、市内のはずれにある市営競技場だ。

「湯田《ゆだ》さん、タイム表もらってきて」

スタンドの二階入り口付近に場所をとるや否や直から指令が飛んだ。

「はい」

咲良は選手たちに配られるタイム表を入手すべく本部に向かった。大きな大会ではエントリー選手たちの参考タイムの一覧が配布される。選手たちが、まず気にかけるのがこれだ。手にした咲良はざっと目を通した。表はタイム順に記載《きさい》してあって、青嵐の選手たちはいずれも上位の方だ。わかってはいたことだが、咲良の気持ちは一気に高まった。

行けるんじゃない？

駆け足で控えの場所に戻り、選手たちに配った。

「はいはーい、タイム表でーす」

「参考程度にしてくださいね」

つい出てしまったはやるような声に、直の冷静な声が重なって、咲良ははっと自分をいさめた。マネージャーが油断している場合ではない。

平常心を取り戻すために、荷物の整理を始める。救急箱、ストップウォッチ、タイム表、筆記用具……。使い慣《な》れた物を確認しているうちに少しずつ心も整ってきた。

そして、これこれ。

咲良はいつもの荷物に加えて、スマホの充電器を持って臨《のぞ》んでいた。動画を撮って、由真に見せてあげるつもりなのだ。若葉記念が行われた競技場は、由真の入院先から近くだったが、市営競技場は遠い。

あれから由真には会ってなかったけれど、ラインの仲間には入れてもらっていた。由真と直と咲良のマネジャーラインだ。やりとりによると、由真は無事に手術を終え、順調に回復しているらしい。髪の毛も日に日に伸びているという。

今朝、改めて剃《そ》り上げてきたらしい堂本の頭部を隠し撮りし、送信すると、

〝勝ったね〟

と自撮り写真が返信されてきた。由真の髪はまだ山下くらいだったけど、なかなかキュートな感じだった。

〝これから予選が始まります〟

午前最後のプログラムの前に咲良が送ったラインには、

〝どきどき〟

とすぐに返信があった。

〝追い風1・5メーター、いい感じだよ〟

鯉《こい》のぼりのスタンプとともに、直からもメッセージがある。

意外だったのは、普段は無口な直が、スマホを通じたやりとりだと饒舌《じょうぜつ》になることだった。しかもかわいらしいスタンプまで多用する。普段、女子トークができないこ

とも不満のひとつだったが、ラインを始めてからぐっと距離が縮んだ気がしていた。

実際ラインではさまざまなことを教え合っていた。日常のコミュニケーションではとっかかりである、誕生日や星座や血液型、好きなアーティストなど。A型としか思えなかった直がじつはマイペースな印象があるB型だったり、几帳面《きちょうめん》なノートをつける由真が大ざっぱといわれるO型だったのには単純に驚いた。咲良がA型と知った二人の驚きようはそれ以上だったが。

もちろん、その日の練習の感想を言い合うのも、日常になっていた。そのためか、今日も現場にいるのは直と二人だけれど、咲良はすっかり三人体制のような気分になっていて心強い。

由真からは部員別の対応方法のレクチャーも受けていた。

〝天野くんはほめられて伸びるタイプ。試合前は励ましてみて〟とか、

〝ダイラくんはああ見えて芯《しん》が強いよ。打たれた方が効くタイプみたい〟などだ。

東平は大げさで感情をあらわにする方なので、かまってちゃんかと思っていたので意外だった。

反対に予想通りだったのが堂本だ。あまりかまわれたくないらしい。無口なのでなにを考えているかわかりづらいが、黙っている方が楽なだけなので、

〃気にしない方がいいよ〃と助言された。
そして、いまだに対応がわからない人物なのが大黒だそうだ。
〃一度へこむとほめても励ましてもきかないんだよね。かといって先生の喝《かつ》も流すし。なかなか回復しない〃
〃だね。大黒くんは難しいよね。大黒スポットに入ったら手がつけられない〃
由真の意見に直がつけたした。
〃大黒スポットってなんですか？〃
初めてきく単語に咲良は興味を抱いたが、
〃そのうちわかるわよ〃
〃ふふふ〃と返されただけだった。
いっぽう由真からは質問を受けた。
〃山下くんはどんな子？　バトン握りしめてるくらいだから真面目よね〃
〃真面目です。でもあんまりめんどくさくはないと思います。たぶんほっといても大丈夫なタイプです〃
咲良は答えた。改めて分析すると山下はなかなか大人な感じだ。教室でも騒ぐタイプではないし、穏《おだ》やかな性格だという印象を持っていた。高校一年生にしては落ち着いている方だと思えた。

ラインは部員の情報交換にも有意義だったが、いちばんよかったのは、由真と陸上の魅力を共有できたことだった。

〝目の前を風が通り過ぎるのが爽快《そうかい》だよね〟

〝わかります！〟

咲良は即座に返事をした。若葉記念大会で初めて試合を見たときのあの興奮は忘れられない。風と化した選手たちに心ごと持って行かれたようで、しばし呆然《ぼうぜん》となった。今病室で由真も、同じ風を感じているのだろうと思った。

〝陸上が好きだから由真さんはマネージャーになろうと思ったんですね？〟

由真からはすぐに返事があった。

〝そうなのよ。私、こう見えても中学生のときは陸上部だったの。貧血になっちゃって辞めちゃったけど〟

まずいことをきいてしまったかな、と咲良は一瞬後悔《こうかい》したが、由真は力こぶのスタンプも貼ってくれた。

それにしてもこういうやりとりに限って、直はあまり加わってこなかった。「既読《きどく》スルーかよ」と思わず突っ込みそうになったくらいだ。直は由真や自分が魅力を感じているほど、陸上が好きではないのだろうか。

〝直先輩はどうして陸上部のマネージャーになったんですか？〟

という質問にも、

〝由真が誘ってくれたから〟

と、短い返事が来ただけだ。

あいかわらず、すげないな。

物足りなくはあるが、直らしくはある。そもそも自分のきっかけだって大っぴらに言えたものではないのだ。余計な質問を返されないうちに、

〝マネージャーにいちばん必要なことってなんでしょうか？〟

と殊勝《しゅしょう》な質問をしてみた。これに対する二人の意見は一致していた。

〝その競技が好きだってことじゃないかな〟

〝そうだね〟

との由真の答えに直も同意し、

〝それから、選手の気持ちに寄り添うことも大事よね〟

由真が付け加えた。

〝どうしたら寄り添えるんですか〟

由真から返ってきた答えこそ、咲良がいちばんききたいことだった。短距離が好きなのは咲良だって一緒だ。初めて試合をまぢかで見たときの感動は忘れられない。なのに、よかれと思ってやったことが、強制だとか押しつけだとか言われてしまうのは、いかにも残念に思えた。だが、返ってきたのは、とらえどころのない答えだった。

〝それは難しいね。人の心はそれぞれ違うし〟

と由真。

〝でも感情は似ていると思う。自分が嫌なことは人も嫌だと思う〟

こちらは直。

〝でも、そのときの気分もあるよね？〟

〝相性もあるしね？〟

それからも二人はいくつか答えをくれたが、どれにもクエスチョンマークがついていて、これぞという答えはなさそうだった。煮《に》え切らない返事がもどかしくなって、

〝私は、選手に勝たせたいんですっ！〟

咲良はついコメントにこぶしマークのパンチを入れてしまったら、それきりコメントは消えた。

が、次の日に由真から返信があった。

〝戦うのは選手だけど、支えてくれる人が誰かひとりでもいると思えば、辛くないよ。心は強くなると思うよ〟

読んだ瞬間、スマホを持つ手が震えた。しみ込むような言葉だった。病気と闘っている由真の言葉だったからばかりではない。自分自身に覚えがあるからだ。また鈍く胸が痛んだ。体に、心に、記憶が残っているのを悟《さと》る。だれかひとりでも、たったひとりだけでいいから味方がいたら、と思った。それだけでつらくないのにと、思った。あのとき。

〝同感〟

直からも短い返信があった。

青嵐学園、4×100リレーは予選を二位で通過し、決勝に進むことになった。だがこれまでの大会のタイムからすれば、ブロック大会へのクリアラインぎりぎりの水準なので喜んではいられない。記録は直にまかせて、咲良は動画をしっかり撮った。するとさっそく動画を見た由真から、バトン渡しに注意があった。

〝ダイラくん、インレーンに気をつけて〟

近い位置からの撮影ではなかったのに、東平の足の位置が目測でわかったのだろう。確かに東平の足は、隣のレーンにはみ出しそうになっている。

バトン渡しはテークオーバーゾーンやそれより前にあるブルーラインだけではなく、インレーンにも気をつけなくてはならない。高度な注意力が必要なのだ。

さすがに由真は、細かなところまでしっかり見ている。〝好き〟ということには、対象に対して注意深いことも含《ふく》まれるのだ。感心せずにはいられない。

午後からは、短距離や中距離、ハードル走など、トラック競技の決勝が行われたのち、最終競技のリレー決勝が行われた。

東平には予選後の昼食のときに、撮影した動画とともに、由真からのコメントも添えて、注意を促《うなが》しておいた。

「おおーっ、危なかったー」

動画を見て、自覚を新たにしたらしい東平は、決勝では危なげがなかった。それどころか、ゴールの直前で前の選手を抜いた。

「わあっ！」

「おおっ！」

東平が頭を突っ込むようにしてゴールラインを越えたのを確かめて、直と咲良は思わず手を取り合ってとび跳ねた。なんと一位だったのだ。青嵐学園4×100リレーは、心強いタイムでブロック大会に駒を進めることになった。

「やったね」

「はい、やりました」

さっそく由真にも動画を送ると、くす玉のスタンプが送られてきた。

〝今から注射なんだけど、怖くないわ〟

かわいらしいコメントもついていた。


「なんのためにって思ったんだよね」

唐突に直が言ったのは、バスの中だった。試合が終わり、ミーティングで先生や部員たちと勝ちを喜び合い、解散をした帰りのバスの中。

「なんのことです？」

理解できない文脈に、きき返した咲良に、直は続けた。

「この間のラインで、咲良ちゃんが〝私は、選手に勝たせたいんですっ！〟って書いたでしょ」

「……は、はい」

返事に詰まったのは、思い出していたというよりも、いつの間にか、「湯田さん」が「咲良ちゃん」になっていたからだ。

「あのときすぐに返事ができなかったのは、〝なんのために？〟って思ったからだったんだよね。なんのためにそこまで勝たせたいのかがわからなかった」

「なんのためって」

スポーツは勝った方がいいのは当たり前だろう。けれども直の意図するところは少し違っているようだった。

「で、考えた結果、自分アピールでしょ、って、思った」

直はぶった切るような鋭い調子で結論づけた。

自分アピール。

胸に言葉がめり込んで、一瞬息が止まった。思いがけない球ではあったが、直球だ。思い当たるところもある。

「アドバイスをしたり、フォローをした選手が勝ったら、自分の手柄になるもんね」

相変わらず生の直はどSだ。

「そんな……」

だが、首を振りかけて咲良はやめた。自分が発案した練習法で結果が出かけたときの気持ちよさを思い出したからだ。それは自分が認められたと感じたからにほかならない。

「でもね」

ぐうの音《ね》も出ず、口をとがらせた咲良に直は続ける。

「今日わかった気がする。勝つとみんなが気持ちいいのよ。幸せになるのよ」

声がいくぶん弾んでいる。

「そうですよ。みんな幸せな気分ですよ。選手はもちろんだけど、私もうれしかったし、由真さんの力にもなったんですから」

ミーティングのときに由真からの〝注射も怖くない〟のコメントをみんなに知らせたら、どよめきが起こった。喜びが連鎖《れんさ》して循環《じゅんかん》してさらに大きくなって選手に返ったみたいだった。

「それも勝ったからこそと言えるのかもね」

直の思慮深い慎重な言い方に、

「そうですよ。勝つことは大事です。結果オーライなんです」

咲良は鼻息を荒らげた。わざと断言したのは、胸の奥底が痛かったからだ。

12

中学校二年生の秋、咲良《さくら》はバレー部を辞めた。直接のきっかけは痛めていたひじが再び悪くなったからだが、その少し前からバレー部は居づらい場所になっていた。

全国大会の準決勝で負けてからだ。わかりやすく無視をする人もいれば、変によそよそしくなった人もいた。あるいは腫《は》れものにさわるような、いらぬ気づかいをしてくれる人。いずれにしてもそれまでのように、咲良が自由にふるまえる雰囲気ではなくなってしまった。

もとはといえば、自分に原因があったことはわかっている。ひとつはマネージャーのシューコがかけてくれた声にひどい反応をしてしまったことだ。

「また明日から頑張ろう」

負け試合のあと、その場にいるのもいたたまれず、逃げるように体育館を出た咲良を追いかけてきたシューコはそう言った。なぜかかっと血が上った。シューコが明るく笑っていたからかもしれない。

「シューコはいいよね」

反射的に出た言葉は自分でも思いがけないものだった。が、いったん出た言葉はないことにはできず、なんとか正当化する説明を加えるしかなかった。

「負けたってどうせ人ごとなんでしょ。だからまた頑張ろうなんて、軽々しいこと言えるんだよ」

「人ごとなんて思ってないよ。自分のことだよ」

シューコは目をまん丸にした。が、咲良はその表情の方が信じられなかった。実際にやってもいないバレーを、やっているように感じられるわけがないと思ったのだ。どんなに人の気持ちになり替わろうとしたところで、完全には無理だ。

そもそもレギュラーにもなれないシューコだ。マネージャーとはいえ、部活に残ったことが咲良には疑問ですらあった。自分ならさっさと見切りをつけて、ほかのことをやる。その方が得だ。そんなふうに思っていた。

でもシューコは首を強く振ってたたみかけた。

「私は勝っても負けても、みんなと同じ気持ちだよ」

「うそだよ。同じ気持ちなら、負けたのにそんなに明るくいられるわけないじゃん。適当なこと言うな」

そんなシューコを咲良は切って捨てた。

「シューコには私の気持ちなんかわかんないよ。だって選手じゃないもん」

半ばわめくように言ったとき、

「咲良っ」

と、背中から声がした。振り返るとチームメートがぐるりと取り囲んでいた。

「その言い方はないよ」

「シューコは励《はげ》ましてくれてるんじゃん」

「そうだよ。自分だって悔《くや》しいのに、まず選手のことを考えてるんだよ」

「ほんと、シューコは一生懸命やってくれてるんだよ」

きれいごとの攻撃は卑怯《ひきょう》だ。言い返すことができない。一生懸命やった末に負けてしまい、そのうえなお、糾弾《きゅうだん》されて咲良は両手を握りしめた。

「もういいよ、シューコ。こんな人ほっといて行こう」

誰かがシューコの肩を抱《だ》くようにして去って行った。目の前がぼんやりしていて、それが誰だったかわからなかった。けれども、捨てゼリフはしっかりときこえた。

「だいたい咲良のせいで負けたのに」

耳の奥でリフレインする。

サーブミス、スパイクミス、レシーブミス。

リフレインとともに、ついさっきの試合が早送りで頭を駆《か》け巡《めぐ》った。それが、居場所がなくなったもうひとつの、そして大きな方の理由だ。少なくとも咲良はそう思っている。

二セット目の半ばにサーブをミスした咲良は、それきり調子を崩《くず》した。きれいに上がったトスをオーバーさせてしまい、次のスパイクは一瞬の迷いでネットにかけた。右ひじに痛みを感じたのはそのときだ。一瞬、
やっちゃった。

と思ったが咲良は歯を食いしばった。

心の乱れは後衛《こうえい》に下がっている間に切り替えようとした。気持ちを落ち着けて、痛みは気合いで押し殺せると思ったが、だめだった。今度は狙《ねら》われたのだ。サーブや強打がことごとく咲良に集まり、ことごとくミスをした。

二セット連取目前だったのに、あっという間に取り返された。

三セット目、さすがに咲良は控《ひか》えに下がったものの、相手チームの勢いは止められず、負けてしまったのだった。敗因は自分にあったことは誰の目にも明白だった。ゲームの途中から、自分がなにをしているのかわからなくなった。ひじの痛みよりあらゆる感情を抑えるのに精一杯で、体のコントロールが利かなくなってしまった。自滅《じめつ》。

大会のあと、部活に行くとみんなの様子が明らかに違っていた。四面楚歌《しめんそか》。なんの

協定ができているのかいないのか、ともかくみんながよそよそしかった。むしろ、自分を外すことで団結しているようにも咲良には見えた。

そんな折、スパイク練習で振った腕にまた激痛が走った。治療《ちりょう》をしていなかったひじの筋を本格的に痛めてしまったのだ。医者からは二週間ほど休めば練習に戻れると言われたが、咲良が部活に戻ることはなかった。心の痛みの方が治癒しなかったからだ。そうこうしているうちに父親に転勤の辞令が出て、それに伴い咲良も転校した。

あのとき勝っていたら。

何度か思ったことだ。

きっと千里中学校に残って、咲良はバレーを続けただろう。そして中学最後の全国大会で、準優勝を喜ぶ写真に、笑って納まっていたことだろう。シューコみたいに。

「おー、張り切ってるじゃん」

咲良は山下に駆け寄った。大会明けの月曜日、席についた咲良の目に飛び込んできたのは、隣《となり》の席の赤いバトンだった。山下の手に握られている。

「おう。へなってきたから、ビニールテープで補強してみた」

ラップの芯《しん》は、あんまり握っているせいで、手の形にへこんでしまったそうだ。それはそれでなじんでフィットするが、実際のバトンはプラスチック製なので、質感を戻したのだという。

「頑張ってるよね、山下くん」

と、前の席の弥永《やなが》が振り返った。この頃、咲良と山下がしゃべっていると、弥永が割り込んでくることが多い。その弥永は、自分よりも山下と話すときの方がにこにこの度合いが高いのに咲良は気がついていた。

「まあな。ブロック大会のハードルはもうひとつ高いからな」

ほめる弥永に、山下はまんざらでもなさそうに答える。

「出ないけどね」

なんとなく鼻白《はなじろ》んだ気分になって、ぼそっと突っ込むと、山下は大まじめな顔で首を左右に振った。

「頑張るのと出る出ないはまた別の話だ。出ないからって頑張りたい気持ちが変わるもんじゃない」

「そんなもんかね」

咲良は首を二度かしげた。今ひとつ言い分には納得できないけれど、山下は本当に張り切っているふうなのがさらにわからなかったのだ。

なぜ？

明らかに生気がみなぎっている山下の横顔に、咲良は目を凝《こ》らした。

高校の県大会からブロック大会までは、半月もない。山下だけではなく、もちろん部員全員が盛り上がっていた。県大会での好成績で、弾《はず》みがついたのだろう。

一方、大熊《おおくま》先生も、順調な経過を見せていた。

「ほれ、ほれ見てみ」

その日の練習で、いのいちばんに差し出されたのは、練習スケジュールでもトレーニング方法でもなく自分ノートだった。89キロ。燦然《さんぜん》と数字が躍《おど》っていた。

「県大会で久しぶりに会《お》うた元同僚《もとどうりょう》にも驚かれたんじゃ」

とご満悦で、ブロック大会までにはあと四キロ落とすと意気込んでいる。

順調な経過は由真《ゆま》もそうで、体調の良い日が続いているそうだ。

〝頭痛とかもやもやした感じがなくなって、とっても快適よ〟

自撮《じど》り写真も、少し髪の毛が伸びていて、外国のモデルさんみたいなベリーショートくらいまできていた。が、なによりの報告が今朝届いた。

〝七月には退院できそう〟

というものだった。その報告は選手たちにも知らせた。

雰囲気《ふんいき》というものは、良くも悪くも波紋《はもん》のように周りに広がるもののようだ。チーム全体が盛り上がっている。今日はグラウンドを走る顔がみな晴々としている。

練習はその期間を、走り込み、スタートダッシュの強化、バトン渡しに分けて行われることになった。走り込みの期間のあと、スタートダッシュの強化に入った。リレーメンバーは、スタートダッシュが苦手な者も多く、この練習にはみんな特に力を入れていた。

短距離の場合、スタートを切ってしばらくは、体を低くした前傾姿勢で勢いをつける。

「体を起こすな」

「腰を入れろ！」

「頭だけ下がっとるぞ」

フォームを正す先生の大声を意識しているうちに、メンバーたちのタイムはみるみる上がっていった。これまでも同じ練習をしていたはずなのに、不思議な進化だ。やはり、県大会の優勝が励《はげ》みになったのだろう。

やっぱり勝つことだよね。

だが、このまま、うまくブロック大会を迎えられると思った矢先。スタートダッシュ練習を始めて二日目に妙な兆候《ちょうこう》が現れた。

一日目に続いて、好タイムを出すメンバーたちの中で、東平のタイムがピタッと止まってしまったのだ。背中はまっすぐに上体だけを下げ、腰を入れて必死で地面を蹴《け》る、という基本のフォームをしっかり守っているにもかかわらずだ。

「どこか痛いところでもあるのか」

たずねた先生に東平は首を振った。自分でもわからないのか、もどかしそうな顔だ。

「痛いところはないんですけど、なんか脚《あし》が重い」

しきりに首をひねっていた。そうしながらちらっと山下を見た。順調な山下のことが気になっていたのだろう。

「そうか」

先生は腕を組んでしばらく思案すると、

「マネージャー、山下の平均タイムは？」

とたずねた。

「あ、はい」

東平ではなく山下のタイムをきかれて、咲良は慌《あわ》てて記録表をたどった。そしてポケットから電卓を取り出して計算をした。

「えっと、11秒07です。え？」

答えながら一瞬、間違いかと思った。四月からの二か月で、山下はかなりタイムを縮めていた。念のため直も計算しなおしてくれたが、やはり同じタイムだった。一般に手動の計時は電子計時よりも速くなると言われるが、実際、タイム自体は縮まっていた。

「そうか」

大熊先生は、なにかを噛《か》みしめるように言った。それ以上は言わなかったが、咲良には噛みしめたものがわかった。先生はきっと迷っているのだ。東平と山下を入れ替えるべきか。

「次からは、バトン渡しをやる」

その日の練習を終えたあと、そう告げた先生の声が、咲良には重さを伴ってきこえた。

山下の勝ちだ。

すぐさま心が答えを出した。だって山下は毎日握りしめているのだ。授業中はラップの芯を。練習中はバトンを。そして、自分が出られない試合中もバトンを持って応援していた。

咲良はぽんっと手を叩きそうになった。

あ、そうか。

レギュラーになれなくても、続ける意味がわからないと思っていたが、今、少しわかった気がした。山下の中に、進化をしている自覚があったのではないだろうか。昨日よりも今日、良くなっている感覚が自分の中にあり、今日よりももっと明日がよくなる期待があった。それが山下の細胞を喜ばせていたのではないか。実際、山下のタイムはぐんぐん上がっていた。

人から見て、どんなに結果が出ていなくても、計りは自分の中にある。そして、それを意識せずとも山下は信じていたのだ。

なるほどね。

咲良はひとりうなずいた。

果たしてバトン渡しでも、差が出た。五人でやった100メートルリレーで、山下のバトンの受け取り方が誰の目にもいちばんなめらかだった。そしてもちろん、タイムもよかった。

結果を確かめた東平は、悔《くや》しげに口をゆがめたが、練習後のミーティングでも、不機嫌を隠さなかった。

「くっそお」

両こぶしを握りしめて、小刻みに震《ふる》えていた。

「悔しいか、東平」

「はい、悔しいです」

先生の問いに歯を食いしばって答えた東平の目からは涙が出ていた。

「よし、精一杯悔しがれ」

「ぐぐっ、ごうっ」

号泣し始めた東平から目を離すと、先生は部員を見渡した。

「メンバーを入れ替える」

そして、硬い声できっぱりと言った。咲良の胸をぬれた砂がざらりとはったような感触があった。レギュラーの発表は、団体競技にはつきものの試練だ。いつも期待と不安がせめぎ合う。だが、今回ばかりは予想がついているだけに、部員の間には気づまりな空気のみが満ちていた。

部員は先生を静かに見つめていた。直と咲良は部員たちの足元を見ていた。

重たく張り詰めた数秒を破って、先生が口を開いた。

「大黒」

「えっ？」

思わず咲良は声を上げた。まるで予想外の名前だ。顔も一緒に上げる。大黒本人もぽかんとしたような顔をしていた。その顔に向かって、先生は続けた。

「山下と交代だ」

「……どうしてですかっ」

大黒は一旦かすれかけた声を、張り上げた。

「交代するとしたらダイラでしょ。タイムは俺の方が平均で0・03は上だ。しかも、バトン渡しも落ち着いている」

「平均では、な」

声を上ずらせた大黒に、先生は冷静だった。

「確かに平均値だけを見ると大黒の方がいい。だが、大黒はこのところタイムを落とす一方だ」

先生の言い分は正しかった。少しずつではあるが、大黒はじりじりタイムを下げていた。その点、東平の方は、上下が激しいものの、良いときは、自己新に迫るタイムも出している。

「だからって、ダイラは不安定でしょ。リレーはチームワークです。安定感が重要なんじゃないですか。不安定要因があると、チームワークが乱れかねない」

「まさにそうだな」

大熊先生はすっと息を吸い込んだ。そしてこう言った。

「しかし大黒、お前も本番には強くない」

「……」

その言葉に大黒はひるんだように、唇を震わせた。試合をまだ二度しか見ていない咲良には、ぴんと来なかったものの、確かに大黒のタイムの平均を引き下げているのは、試合だということはわかっていた。二度の試合のタイムは、いずれも練習よりも遅かった。

黙ってしまった大黒から目を離し、先生は東平に問うた。

「ダイラ、お前は悔しさを味わったな」

「はい」

涙の乾かない顔で東平はうなずいた。

「よし。悔しさはバネになる。そのバネで、県大会も突破しろ」

「はいっ」

「そのかわり、試合までタイムが上がらなかったら、替えるからなっ」

鋭い声に、東平は背筋をびしっと伸ばした。

「わかりましたっ」

燃えるような目をし、迷いのない声で返事をした。

その毅然《きぜん》とした表情をちらっと見て、大黒は咲良を見た。お前のせいだというような、鋭い目だった。

13

メンバーの入れ替えのダメージは、思わぬところにあらわれた。しかもほんのすぐそばだ。

「いい加減にしろよ、山下」

咲良《さくら》は、なかばあきれてしまう。なんと山下が怖気《おじけ》づいてしまったのだ。思えば山下は、メンバーの発表時もそのあとも、一言たりとも声を発さなかった。それはわが身をわきまえての無言なのだと咲良は理解していた。引きずり降ろしたばかりではなく、プライドまで傷つけてしまった先輩をおもんぱかって黙《だま》っていたのだと思っていた。が、どうやら違ったようだった。

「やばい、やばい」

朝、咲良が教室に行くと、いつものように山下は赤いラップの芯を握りしめてはいたが、それが震《ふる》えていた。

「なに？　どうしたの？」

たずねてみると、夕べはよく眠れなかったのだという。

「俺なんかまだだめだろー。だって、ブロック大会だぜ？」

謙遜《けんそん》ではなく、本心から発せられたような言葉に、咲良は呆然《ぼうぜん》としてしまった。

「まじで？」

レギュラーになれないのに楽しそうだった意味はわかったが、またわからなくなった。晴れてレギュラーになれたのに、この狼狽《ろうばい》ぶりはなんだ？

「きみはアスリートだよね」

「はい。アスリートです」

試しにたずねてみると、それには山下は明快に答えた。

「アスリートがそんな弱気でどうするよ」

つい、苛立《いらだ》ちが声に混じってしまうのを咲良は隠しもしなかった。が、山下の方は、

「いいね、湯田《ゆだ》は強気で」

なんて、ぐじぐじとバトンをいじくりまわしている。よく見ると、赤いバトンの先は一周全部ささくれだっていた。まさか昨夜《ゆうべ》一晩中いじっていたのか。

乙女か。

咲良は席を立った。

「えー、行かないでよ」

山下はすがるような目をしていたが、かまわず歩き去った。

トイレに行って来ようと廊下《ろうか》に出ると、誰かに呼び止められた。

「湯田さん」

振り返ると弥永《やなが》がいた。

「あのね。ちょっと相談があるんだけど」

弥永は、なんだか照れくさそうな顔をしていた。

「相談って言うか、ちょっと」

煮《に》え切らない表情がどこか色めいているのには、さすがに思い当たる。

「山下のこと？」

水を向けると、弥永はなにかを噛みしめるような顔をした。その顔には弥永と山下との間を取り持って欲しいと書いてあった。

「だって、ほら湯田さんマネージャーでしょ？　だから自然な感じでそれとなく、みたいな」

こんなもんだよね。

咲良はしらっとした気分になる。

マネージャー志望の女子には、冷たい視線を向けるくせに、いざというときには利用するんだよね。

が、ふっといいことを思いついた。

「ちょうどよかったよ」

咲良は弥永に詰め寄った。

「山下今、初めてのレギュラーにめっちゃ怯《おび》えてるからさ、持ち上げてくれない？」

「持ち上げる？」

「そう。『山下くんなら絶対できる』とかなんとか言って。山下って、ほめて伸びるタイプだから、きっと」

前にマネージャーラインでやりとりしたときは、ほっといて大丈夫だと思っていた山下だったが、ここに来て意外なキャラクターが判明した。ほめられて伸びるかどうかは不明だが、ぜひ試してもらいたい。

「じゃ、お願いねー」

咲良は言い残してトイレに駆け込み、スマホを取り出した。

〝山下くんは、まさかのかまってちゃんでした。〟

マネージャーラインに打ち込んだ。


弥永のほめ方がうまかったのか、山下は授業が終わる頃には平常モードに戻っていた。それどころか、グラウンドではいつもにもまして熱心だった。ひと足先にギアチェンジしていた東平に負けず劣らずの気合が感じられた。

気持ちが前に出てるじゃん。弥永さん、グッジョブ。

咲良は自分の采配《さいはい》に自信を持った。

満足してグラウンドを見渡した咲良だったが、やがて首をかしげた。アップしているのは、四人しかいない。

よくない予感に、咲良は直《なお》にたずねてみた。

「大黒《だいこく》先輩はお休みですか」

直と大黒はクラスが一緒だ。

「ううん。学校には来てたけど」

直はやや言葉を濁《にご》した。レギュラー落ちしたことが悔しくて、部活に顔を出しづらいのだろうか。キャプテンである天野《あまの》にもたずねてみることにした。

「大黒先輩どうしたんですか」

ストレッチをしていた天野は、咲良の問いに、苦笑いをしながら答えた。

「大黒スポットじゃね？」

「あ、それなんですか？　前から気になってたんですけど」

咲良がマネージャーラインを思い出してたずねると、天野はあっさり教えてくれた。

「体育館の裏」

「体育館の裏？」

「そう。あいつ、へこむと必ず行くんだ。テストの結果が悪かったり、彼女にふられたりすると、そこに座り込むんだよ。そのせいで、土がくぼんで穴みたいになってる。だから大黒スポットと命名されたんだ」

「まじで？」

穴にすっぽりと入って、しんみりしている大黒をつい想像して、咲良の腕はぞわっと粟立《あわだ》った。が、天野は思いついたみたいにぱっと顔を明るくした。

「そうだ、咲良ちゃん。ちょっと励ましてやってみてよ」

「ええっ？」

「だってあいつ、スポットに入ったら時間かかるよ〜。これまで何人も友達とか部員が救出を試みたけど、誰の励ましもきかない」

「えぇーっ、じゃあ私も無理ですよ」

咲良は顔の前で両手を振った。

「だって、大黒先輩、自分のタイムが落ちたの、私のせいだって思ってますよ。きっと」

咲良は唇をとがらせた。

「なんでよー。咲良ちゃん、よくやってんじゃん。そんなこと思ってないって」

「いや、絶対思ってます。私が変な練習法を押しつけたせいで、調子がおかしくなったって思っています」

なにより昨日の目が証拠だ。あの大黒の突き刺すような視線には、自分への恨《うら》みがこもっていると咲良ははっきり感じた。

が、天野はいっそう声を明るくした。

「大丈夫だって、いけるって」

根拠なく断言して、両手を合わす。

「ね、頼むよ」

「……、どっちの体育館ですか」

嫌《いや》な予感がしたが、ちなみにきいてみると、やっぱり的中した。

「第二」

「無理です」

とっさに咲良は首を左右に振ったが、天野は能天気な笑顔のままでストレッチを終え、

「大丈夫、大丈夫。じゃ、頑張ってね～」

と走り去ってしまった。助けを探すために流した視線は、すぐに直とぶつかったが、直はすでに事態を把握しているように、首を縦《たて》に振った。さらにもう一度深く縦に振った。まるで、

「行け」

と言っているように。

体育館に向かう咲良の足は重かった。青嵐《せいらん》学園高校には、体育館が二つある。二つは中庭に少し離れて建っていて、それぞれバスケット部とバレー部が使用している。咲良はこれまで、第一体育館に入ったことがなかった。授業で使うのは第二の方だし、入学してすぐのときに男バスの練習を見に行くつもりの第一から、バレーボールの気配がきこえて以来、近寄らなかったのだ。

「第二裏なら、男バスの練習くらいのぞけたのに」

景気づけにつぶやいてみたが、あまり効き目はなかった。動きが鈍《にぶ》い足を引きずるようにして第一体育館にたどり着いた。心の準備はしていたものの、中からもれてくる声とボールの音が、むやみに大きくきこえてきた。

帰りたい気持ちを抑え、ひょい、と裏をのぞいてみる。

なーんだ。

大黒はすぐに見つかった。天野からは穴にはまっているときいていたので、落とし穴くらいの深さを想像していたのだが、そうではなかった。大黒は体育館とブロック塀の間の通路みたいなところに座っていた。背中を壁《かべ》に預けてじっと目をつぶっている。

咲良は近づいてみる。が、大黒は微動だにしなかった。眠っているわけではなさそうなので、人の気配には気がついていると思われたが、目も開けない。試しにそのまま前を通り抜けてみたが、反応はなく、振り返って確かめるもまったく同じ姿だった。

お地蔵《じぞう》か。

仕方なく声をかけてみることにする。

「大黒先輩」

予想はしていたが返事はない。天野からは励ましてこいと言われ、直からもそれを促されたが、咲良はなんの言葉も用意していなかった。それどころか、行き先はバレー部が練習している第一体育館で、まるで気は進まなかった。

唯一、興味をひかれていたのが、大黒スポットだった。どんなものか見てみようと思ったのに、それも期待はずれな代物《しろもの》だ。それでも座っている部分に注目すると、確かに大黒のお尻《しり》のひと周り外側からへこんでいるようではある。お尻がすっぽりと入っているのだろう。長い月日の間に、大黒が作り出したプライベートスポットであるらしかった。

「隣いいですか」

返事を期待したわけではなかったので、言いながら座ったが、やはり無言だ。

「ここ、居心地いいですか」

お尻の下は土なので、コンクリートの熱や硬さはない。さらに壁に背中をもたれさせられるのも楽そうだ。直射日光も差さず、風もいい具合に抜けていって、涼《すず》やかでもある。けれども、咲良にとっては気になることがあった。

「私にとっては全然よくないんですけど」

目の前は体育館だ。扉は半分くらい開いてはいるが、角度のせいで中は見えない。それでもボールの音やかけ声は、はっきりときこえる。なにより先ほどから匂いが鼻にまとわりついている。

ボールの皮とシューズの裏のゴムがすれる匂《にお》い、汗《あせ》と、シップと、サポーターの内側の匂い。

実際には、匂っていないのかもしれないが、それらが、記憶と一緒にまざまざと迫ってきていた。

「うわーっ、思い出すわ」

咲良は思わず膝に顔をうずめた。体じゅうに力が入る。実際これ以上思い出したくなかった。つらいというより、苦しいに近かった。いや苦しいというより、痛い。でもいちばん強く感じるのは恥《は》ずかしさだった。体の中身がきゅっと縮むくらいの恥ずかしさがこみ上げて、胸の鼓動がスピードを上げた。

「うわーっ」

咲良は両手で腕を抱えて、地団駄《じだんだ》を踏むみたいに足をばたばたさせた。

「どうした？」

ふと大黒の声がきこえた。シンプルに驚いたみたいな声だった。ふいにやってきて隣に座った人間が、いきなりもがき苦しみ出したのだから無理もない。

「私、中学までバレー部だったんです」

顔を上げないまま、咲良は言った。

「ふうん」

大黒は鼻先だけで返事をした。

「結構強かったんです。千里《せんり》中学校では全国大会まで行きました」

「千中、ねえ」

名前に思い当たったのだろう、大黒の返事には少しだけ感情が乗った。

「アタッカーで、『ハガサク』なんて呼ばれてました。鋼《はがね》の咲良っていう意味です。アタックも気持ちもめっちゃ強いから」

咲良は気持ちが強い、というところを特に強調した。そうしないと体育館からもれてくる、バレーボールに負けてしまいそうだったのだ。

「私は一年生のときからレギュラーで、スタメンでこそなかったけど、目をかけられた選手でした。私が入ると試合の流れが変わる。なにしろ鋼ですから、みんな引きしまるんです。それでその年は、ベスト8に入りました」

胸にこみ上げてくる苦みを呑《の》み込みながら、咲良は続けた。

「誰もが次は優勝だと思っていました。もちろん、私もです。ベスト8の力はあるのだから、あとは気持ちが強い方が勝つ」

実際、全国大会には特有の雰囲気があった。能力と体格に恵まれ、さらに厳しい練習を重ねた選《よ》りすぐりの選手たちが集まる大会だ。空気に呑まれてしまう選手は少なくない。自他ともに認める鋼だったはずの咲良もまた、例外ではなかった。

「でも、全国大会の準決勝で負けました。私のせいです。やることなすこと裏目に出て、途中で監督の声はきこえなくなった。ミスを重ねて、狙《ねら》われて、負けました。自分の鋼で自分をぶった切ったんです」

ぶった切ったのは、咲良自身だけではなかった。チームワークもぶった切った。そして……。

「ファイトッ」

「ファイトッ」

体育館から、ボールが床に叩きつけられる音とともに、かけ声が響《ひび》いている。後輩たちやマネージャーの声だろう。自然、シューコの顔が思い出された。涙をこらえた勝気そうな目。

「なのに私、チームが負けたことをマネージャーのせいにしました」

絞り出すように言った咲良に、ちらっと大黒は横目を流した。

「いえ、先輩のことを言っているんじゃないです」

嫌味《いやみ》を言ったつもりではなかったので、咲良はすぐさま取りつくろった。そうしながら小刻みに打っていた動悸《どうき》がおさまっているのに気がつく。さっきまで、耳に激しく響いていた音や匂いが、さほど気にならなくなっている。それどころか、すんなりと体に入ってくるようだ。懐かしさというより、まだしっかりとある記憶と結びついて、心が高鳴ってさえいた。これもまた身に覚えのある感覚だ。練習の心地よいテンション。

咲良は小さく息をついた。と、

「鋼は、自分を切ることがある」

大黒が静かに言った。それはなにかに気がついたような声でもあった。

「なるほど」

かみしめるようにつぶやいて、宙を見つめる。

「俺はもっと強くなるべきだと思っていた。今きみが言ったように強いメンタルこそが、試合を制するのだと思っていた。本番に弱いのは、俺の心が弱いからだとばかり思ってたんだが、強さが災いすることもあるのか」

「ありますよ。あの、両方切れる刃ってやつ」

咲良は大きな刃物を振りかざすしぐさをしてみせた。

「諸刃《もろは》の剣《つるぎ》」

「ああ、それ。相手も切るけど自分も切る。自分だけじゃなくて、チームワークもぶった切るし、人との絆《きずな》もぶった切る」

反省を込めるには勢いがつきすぎた声で、咲良は言った。しかし気分は悪くなかった。

「えへへ」

急に恥ずかしくなって空笑いをする。心に残るむず痒《がゆ》さをごまかすように。

「ふっ」

その顔がおかしかったのか大黒もやっと笑った。

14

天野《あまの》、堂本《どうもと》、東平《ひがしだいら》、山下。新メンバーで稼働し始めたリレー練習は、日を追うごとに調子を上げていった。東平は悔しさをバネに、遠慮を捨てた山下は勢いに乗り、それに天野が安定した力を乗せて相乗効果を高め、堂本も静かな闘志を燃やすという具合だ。天野と堂本は個人１００メートルでも出場するが、リレーの練習をするときの方が、集中できているようだった。

一方補欠に回った大黒《だいこく》も、淡々と独自に走り込みを続けている。

咲良《さくら》が大黒を大黒スポットから連れ帰ったことは、陸上部内を騒がせた。今まで誰も成し得なかったことだったからだ。この実績をもって選手たちからの信用度はぐっと上がったが、それよりも咲良は二人の敏腕マネージャーに認められたことがうれしかった。

〝咲良ちゃんすごいね〟

由真《ゆま》からもすぐにラインメッセージが届き、

〝偉業だね〟

直《なお》からのメッセージには、王冠《おうかん》スタンプが付いていた。


最後の数日は大会に向けて、練習ももう一段ギアアップした。とはいえ短距離の練習は長くやればいいというものではないらしい。球技のように技術の習得というより筋肉を疲れさせないことの方が大切だからだ。それよりも集中力。そして集中力を持続させるのは、最長でも二時間というのが、大熊《おおくま》先生の考え方だった。放課後の二時間に三十分の朝練が加えられ、みっちり練習をする。

大会の目標は六位。つまり、入賞だ。六位までに入れば、インターハイに駒を進められる。県大会後の平均タイム、11秒11、ベスト、11秒04。平均で走れれば、入賞は堅い。また、ベストが出れば優勝も夢ではない。一方最低の11秒21レベルなら、インターハイの道はついえる。

「なんとか平均で走ってくれるといいですね」

タイムは微妙だ。体調だけでなく環境や心持ち、あるいはまったくわけのわからない原因で、たやすく変わることを知った咲良は、祈るようにつぶやいた。

直とふたり、マネージャー室を出ながら咲良は空を見上げる。午後五時。空は真夏のような濃い青で、形の良い雲が湧いていた。梅雨真っ最中ではあるものの、雨の降る気配すらない。グラウンドからは野球部の大きなかけ声がきこえてきていた。甲子園常連の青嵐《せいらん》学園の野球部も、地区大会に向けて熱が入っていた。この夏出場が決まれば、二年連続春夏出場の華々しい記録だ。意気込みがこもったかけ声をききながら、咲良はもう一度言った。

「私たちもインターハイに行きたいですよね」

「そうだね」

直からはあっさりとした返事が返ってきて、やや拍子抜けしてしまう。直が冷静なのはわかっていることだけど、もう少し力を入れてもいいのではないかと思う。目標への分かれ目となる大舞台の前なのだ。いや、どちらかといえば、テンションが上がるのが普通なのではないか。マネージャーとはいえ。

「直先輩はどうしてマネージャーになったんですか？」

なるべく気をつけたつもりだが、ストレートな質問になってしまったのか、直は少し笑った。

「らしくないってことはないですけど、ちょっと冷静すぎるかも、とか思って。まあ、できる秘書って感じはあるんですけど」

直は、管理や調整は完璧《かんぺき》だけど、陸上への思い入れは、由真ほどには感じられない。それどころか、ひょっとすると自分の方が陸上好きなのではないかと、咲良は感じるくらいだ。

するとと少しの間をおいて、直は答えた。

「私はね、由真から助けてもらったのよ」

「助けて？」

「うん。私、高校一年生のとき、友だちがひとりもいなかったの。ていうか、嫌《きら》われてたんだよね、みんなから」

「え、そうなんですか？」

「もう高校生だから、いじめっていうのも子どもじみてるかもね。でも教室では当たりさわりない感じだったけど、個人のブログとか、会員制の掲示板とかでは、あからさまにやられてたみたい」

「げげっ」

誰かが吐《は》き捨てたガムを踏《ふ》んづけたような気分になる。

公開されていないサイトの中のやりとりを、直が知っているということは、知らしめた人がいたということだ。おそらくわからないところでいくら誹謗中傷《ひぼうちゅうしょう》しても物足りなくなったのだろう。「ネットでいろいろ言われているよ」なんて、善良な告発者のような顔をして直の反応を見た人がいたのだ。あるいはもっと傷つけてやろうという悪意を持って。

「しかたないよね。人が集まるところには、排除《はいじょ》はつきものだから」

けれども直は、いつものように平然とした声で言い、そして少しトーンを上げた。

「そんなときに由真が、『一緒に陸上部のマネージャーをやらない？』って誘ってくれたのよ」

「あ、そうなんですか」

「うん。陸上部には天野くんと大黒くんがいるでしょ。天野くんは全校的にもててたし、大黒くんは一目置かれてた。二人とも存在感があるんだよね」

「そうでしょうね」

天野は陽性でよく言えばフランクだし、大黒は偏屈《へんくつ》だけどなんと言ってもあの財力だ。

「だから陸上部のマネージャーをやれば、必然的に彼らに近くなるでしょ。もて男に近い女子には手出しできないって。それどころか仲良くしたがる女子が一定数はいるって」

「なるほどー」

咲良にも感覚的によくわかる話だった。男女問わずもてる人の周りには、同性の友だちも多い。

「一緒にいれば、自分ももてるかもしれないですからね。コバンザメ的な」

態度を変えた弥永《やなが》を思い浮かべながら、咲良はあけすけな判断を下した。そんな後輩に苦笑いをしながらも、直は言った。

「そういうふうに考えられる由真は、大人だな、って思ったよ」

「大人ですねー」

咲良も心からうなずいた。

「そう。だから私のマネージャー志望動機は自己保身なんだよね」

直は首をすくめたが、咲良は首を左右に大きく振った。

「ぜんぜん大丈夫です。私なんか志望動機は女王さまでしたから」

男子だらけの部活で、ちやほやされることこそ望みだった。でもその望みはすぐに打ち砕かれた。当たり前だ。アスリートの意識は試合にしかない。それこそがアスリートが生きている世界だ。それどころか「自分こそが」という自意識が人一倍強いのがアスリートだ。それでなければ勝負に勝てない。

そんなアスリートの前では咲良の望みなどまったく場違いだった。いや真逆だ。ちやほやされたいのは、むしろ部員の方だろうから。

「でも今は違いますよ。私、みんなのためになにかできたらって思ってます。空回りでも暴走って言われてもいいです」

純粋に陸上が好きになった今は、きっぱりそう言える。断言する咲良に、直はするっとした声で言った。

「じゃあこれから三河屋《みかわや》さんね」

「え？　三河屋さん？　って、駅前のあれですよね」

三河屋さんというのは、駅前にある店だ。ホームセンターというには小規模だが、生活必需品はなんでも売っている。いわば、町のよろずやさんだ。救急箱に足りない物でもあっただろうか。しかし直が買いたい物は、薬の類ではなさそうだった。

「うん。大荷物だから学校の自転車借りて行くよ」

「なにをそんなに買うんですか？」

首をひねる咲良に、直は、

「そろそろ試合用のスポーツドリンクを冷やしときたいから」

と言った。ますますわからない。

「スポーツドリンクなら大黒先輩のお家が届けてくれるんじゃないですか」

若葉記念大会のときは台車で届けられたし、県大会のときも、あれほどではなかったが充分な量を差し入れしてもらった。だが、直は平坦《へいたん》な声のまま言った。

「今回はないよ。大黒くん、出ないから」

「は？」

「差し入れはお母さまが仕切ってらっしゃるらしいんだけど、我が子が出ないときには、いっさいしないの。大黒くんには中学に妹がいて、そっちは吹奏楽部《すいそうがくぶ》なんだけどそこもだって」

「げ、わかりやすっ」

ていうか、すごくドライなお母さま。

ガラガラという音を遠くにきいた気がした。大黒ビルが壊《こわ》れる音だった。この間、大黒スポットの隣に座って以来、大黒とはなんとなく心が通じ合ったような気がしていたのだ。思い出すたびに咲良の心は、ほのかに温かくなるような、いや、もっときゅんとくるような、とにかく身のおきどころのない気分になることがあった。

恋かも。

と思った。いや、まぎれもない恋だ。日に日に募《つの》る思いが積み重なって、いつしかビルが建っていたのだ。咲良の心の中に、大黒ビルが。それが今、あっけなく崩れ落ちようとしている。

「そ、そんなことでいいんでしょうか。あんまりあからさますぎじゃないですか。スポーツってそんなものじゃないですよね」

我《われ》知らず大きな声が出た。

「考え方は人それぞれだから。大黒くんのところは経営者だから、シビアなんでしょ」

直の答えもまたしごく現実的だ。

「で、でも、大黒先輩はそれでいいんでしょうか」

「そんなものだと思ってるんじゃないの？　だって生まれたときからでしょ。教育方針がそうなんだから」

すがるように震わせた声を、直はすげなくかわした。そして意味あり気にふふっと笑った。

「大黒くんは難しいよ。これまでの彼女のこと、私も数人知っているけど、ことごとくお母さまにしてやられたんだって」

「どんなことがあったんですか」

ごくん、とつばを呑《の》み込んでたずねると、

「気持ちよかったあ」

直は悪い顔をして笑った。どうやらその数人の女子は、直に意地悪をしていた人たちだったらしい。


救急箱の補充《ほじゅう》はした。タイム表は新しくコピーをした。氷は職員室の冷凍庫《れいとうこ》で準備し、スポーツドリンクはマネージャー室の冷蔵庫で冷やしてある。自転車二台で前かごと後ろの荷台にロープでしばり、急で長い坂を上った。しかも途中から雨になり、ずぶぬれになった。マネージャーになっていちばんつらい仕事だった。大黒の元カノたちが具体的にお母さまになにをされたかは、直も知らなかったが、咲良はお母さまのしごきを受けている錯覚《さっかく》に陥《おちい》った。

「うちの息子を認めないと、こんなことになりますのよ」

見たこともない大黒ママが、高笑いするのが目に浮かんで、咲良は歯を食いしばった。

次の日。ともあれ試合の準備がそろい、直前の練習として軽く流している選手たちを眺《なが》めながら、咲良はちらちらと、グラウンドの入口を気にしていた。咲良だけではない。直もだ。堂本もまたトラックを走りながら、それとなく視線を流している。

「あっ」

せわしなく動かしていた咲良の視線が待ち人をとらえたのは、そろそろ練習も終わるという頃だった。

「由真《ゆま》先輩、来ました」

いち早く知らせると、直もはっと顔を輝かせた。堂本は足取りを一瞬緩《ゆる》ませたが、すぐにスピードを上げた。体に喜びが爆発していた。

今日、由真が練習を見にくることはすでに部員には知らせてあった。一時退院をした由真は、二学期からの復学に当たっての手続きをするついでに練習を見にきたのだ。

「こんにちはー」

由真は元気そうだった。ジーンズにシンプルなTシャツの上から、水色のパーカーをはおった姿は、数日前に退院してきたようには思えなかった。つばの広い大きな帽子をかぶっているが、顔色も良さそうだ。

「復学おめでとう」

「おめでとうございます」

拍手で迎えた咲良と直に、由真も
「ブロック大会出場おめでとう」

拍手でこたえた。が、ふと、その手を止めた。

「おおっ、進藤寺《しんどうじ》、久しぶり」

やってきた大熊先生を見て、由真は目を丸くする。

「わあ、どなたかと思いました」

ダイエットの効果に驚いたようだ。

「ほう、そうか、そうか」

由真の正直な反応に先生は満足そうに胸を張った。毎日見ている咲良たちにしてみれば、このところ停滞気味と感じられるくらいだが、久し振りの由真には別人みたいに見えたようだ。

「話にはきいてたけど、やせましたねー」

由真の感想に気を良くしたらしく、先生は腰につけたバッグからいそいそとノートを取り出した。

「ほら、これをつけとるんじゃ。湯田の発案で。おかげで二か月で十キロ近くのダイエットじゃわ」

「私が勧《すす》めたのは自分の気持ちとか感覚をつけることだったんですけど。先生は食べた物を記録してるんですよ」

苦笑いしながら言いつけた咲良に由真は思いがけないことを言った。

「うん。自分ノート、すごく役に立ってるんだってね」

「え？」

「堂本くんからきいたよ。ノートをつけることで、たくさん発見したって言ってたよ。いいタイムが出たときはどんな感覚だったか、その感覚を作り出したのは、どんな天気でどんな体調だったかとか、考えたら結構面白かったって」

「ええーっ、本当ですか」

咲良は飛び上がりそうになった。「押しつけ」だの「支配」だのと抗議されて以来、ノートはおろか、具体的な練習にもいっさい口を出さないようにしていた。だからきっとノートのことなんか、先生以外は忘れていると思っていた。

「うん。みんな続けているみたいよ。そもそも有名アスリートたちもやっていることだから、みんなだって興味はあったのよ」

「この頃調子が良かったのも、ノートの成果が出てきたのかもね」

直までうれしいことを言ってくれて、咲良の顔はでれんと緩んでしまった。

「ノートをつけると、自分を客観視できるからな」

先生は、お腹を引っ込ませてうなずいた。先生の体形はともかく、部員のタイムに成果が表れたのにノートが役に立ったと言われて、咲良の両肩はすっと軽くなった。

「よかった～」

「喜ぶのは早いよっ」

だが、すぐに矢のような声が飛んできた。ドSの直だ。

「そうだね、これからなんだし」

由真からもあきれたように笑われた。

「今日は最後の仕上げを見ていってよ。ちょっと待ってて」

直は由真に言い残し、荷物置き場の方に走って行った。そしてすぐに戻ってきた。手に持っている物を見て、咲良はつい苦笑いしてしまう。白い帽子。マネージャー初日に軽い気持ちで借りて、波紋を呼んでしまった由真のキャップ。

直が持ってきたキャップを見て、由真はかぶっていたつばの広い帽子をとった。少年のようなショートカットがあらわになった。由真のはっきりとした顔立ちに良く似あっている。

直は由真に歩み寄り、キャップをゆっくりとかぶせた。まるで王冠《おうかん》を授ける儀式のようだった。厳かで誇り高い。見ている方まで背筋が伸びた。あるべきところに納まったキャップは、輝いてさえ見えた。

「めっちゃ似合います」

「そう？」

咲良の感想に、由真は少しだけ胸を張った。

「ファイトッ」

そしてグラウンドにかけ声をかけた。ピンと張ったよい声だった。

「ファイトッ」

直の声も続く。

「ファイトッ」

咲良もいっそう大きな声を放った。

15

六月二十四日。晴天。大会の日を迎えた。試合はこれから二日間に渡る。車で一時間ほどかかる競技場までは、青嵐《せいらん》学園のスクールバスで向かうことになった。スクールバスには、短距離の選手たちだけではなく、中距離、ハードル、幅跳び、高跳び、投てき種目である砲丸《ほうがん》投げの選手たちが、男女十人くらいずつ乗っていた。

試合前の選手たちというのは、独特なオーラを出している。緊張《きんちょう》はもちろん、闘志《とうし》や不安を感じているのは、当たり前だ。それを表に出さないように平常心を保とうとしているからだろう、近寄りがたい空気を体にまとっている。

かつて自分もそうだった。鋼《はがね》と言われながらも、心の中では荒波がうねっていた。初めての全国大会の前日は、興奮のためか発熱してしまったほどだ。

前方の席に座った咲良《さくら》は、背中越しに、痛いような気配を感じた。耐えがたいほどの圧力の中、隣に座った直《なお》を見た。直は車窓に視線を固定したまま、じっと手を膝《ひざ》の上で組んでいた。いつものスタイルを保っている。

落ち着かなければ。

咲良はふっと息を吐いた。周りにいる人間が動揺してしまったら、選手たちの心も乱される。

「いいことでも考えたら？」

なんとか落ち着こうとしていると、直がぼそっと言った。

「イメージトレーニングは大事よ」

「そう、ですね」

アスリートにとってイメージトレーニングは重要だ。なるべくよいイメージを描くことで気持ちが高まり強くなる。このトレーニングには副作用がないのもいいところだ。筋《すじ》を違えたり、筋肉痛をおこすことがない。

バレー選手の頃、咲良はなるべくリアルに勝ち試合の想像をするというトレーニングをしていた。面白いもので不安が強いと、想像の中でもスパイクを失敗したり、サーブをミスしたりする。修正するのには苦心したが、どうにかイメージを組み立てているうちに心が整ってきたものだ。

とはいえ、陸上経験のない咲良に、スタートダッシュや完璧《かんぺき》なバトンパスのイメージをすることは難しかった。というより、あっという間に終わって物足りない。

それでもなんとか、地面を蹴《け》って走るイメージしていると、そのうち、違う記憶がよみがえってきた。もっと大きく体が動く感覚。ジャンプ、腕の振りおろし、横跳び……。イメージトレーニングでバレーの動きが呼び覚まされたのだろうか。やがて動きはひとつながりとなり、ある映像を浮かび上がらせた。

中学校二年生の県大会の決勝戦。全国大会出場を決めた、会心の試合だ。

スタメンに起用されて迎えた決勝戦の相手は、強豪校《きょうごうこう》だった。試合動画は何度も見たし、自分の中ではそれ以上に巻きもどした映像だ。

あの日、咲良はとても調子が良かった。県大会は三日にわたって行われたが、どんどん調子が上がっていくのが自分でもわかっていた。初日こそ少し緊張したものの、サーブをひとつ決めると弱い気持ちは払拭《ふっしょく》された。それ以降、負ける気がしなかった。不安要素がさっぱり消え去ったあと、挑んだ決勝戦は圧勝だった。サーブ、ブロック、そして強打。すべてが面白いくらいに決まり、普段は苦手なレシーブにミスもなかった。

アスリートには、自分でも思いがけない実力が出せる瞬間があるという。ゾーンなどと言われるが、もしかしたらあのときの自分はゾーンに入っていたのかもしれないと、あとから考えることがある。どれだけ跳んでも、どれだけ打っても、息切れひとつしなかった。このまま、いくらでも打てそうな気がしたし、拾えそうだった。いや、自分がいる以上、コートにボールは落ちないとさえ思った。

「ファイトッ」

ふいに声がきこえた。まざまざと試合を思い出している咲良の耳に、確かな聴覚となってシューコの声がよみがえってきたのだ。

あの試合の間ずっと咲良の耳にはシューコの声が響いていた。あとから見た動画は客席から撮られたものだったので、歓声でかき消されているが、試合中、咲良は確かにきいていた。

「ワンチャンスッ」

「もう一本」

試合の記憶は、シューコの声とともにある。バスのシートに座った咲良は、目をギュッとつぶる。シューコの声が、いつもより強く耳に響いていた。それが力になった。

もっと私を。

あのとき咲良は、自分の中にあったとめどない自己表現の欲求を、体を爆発させる勢いで示した。シューコの声をバネにして。

「咲良、ファイトッ」

ふっと耳元でシューコの声がしたような気がして咲良は目をぱっちり開けた。いつの間にかバスは競技場の駐車場に停まっていた。

「眠《ねむ》くなった？」

隣で直の声がした。

「大丈夫ですっ」

咲良はみなぎる力のままにうなずく。イメージトレーニングは成功したようだった。

競技場に到着し、日陰に場所を取ったあと最終のミーティングに入った。ブロック大会ともなれば、空気が違う。集まっている選手たちのユニフォームは、見ただけでそれとわかる強豪校ばかりで、威圧感《いあつかん》があった。実際その体はいかにも走り込んできたことがうかがえた。短距離は、重たい筋肉がつきすぎては走れないけれど、なさすぎてもパワーが出ない。選手たちの体には、過不足のない筋肉が男女問わずついていた。

また、テレビカメラや、ＰＲＥＳＳと書かれたベストを着ている人もいて少し物々しい。

実際に走らない咲良でさえ呑《の》まれてしまいそうな雰囲気の中、タイム表を配布すると、部員たちの表情は一様に曇《くも》った。

「うへー、今年はレベル高っ」

「やばいなこれ、やばいよ、めっちゃ」

「……」

天野《あまの》でさえチャラけるのを忘れ、東平は大げさなほどに怯《おび》え、山下は無言で固まった。堂本《どうもと》と大黒《だいこく》の顔にも余裕はない。

無理もない。県大会とはぐっとタイムが違っているのだ。

「山科《やましな》、やば」

特に天野の顔のこわばり方がすごい。注目しているのはやはり、東西《とうざい》高校の山科高貴《やましなこうき》のようだった。もちろんブロック大会には駒を進めてきた。

10秒32
県大会のタイムを見て咲良も思わず息をついた。山科は、この大会でも目玉になるだろう。

「固くなるな、楽しんで行け」

先生は言うものの、反応は薄《うす》かった。

「はい」

返事はかろうじてあったが、覇気《はき》がない。

咲良はむずむずしてきた。

「弱気にならなーいっ」

気がついたときには叫《さけ》んでいた。気休めでも勘違いでもなかった。体の中から湧き上がってきた素直な感情だ。イメージトレーニングのおかげでみなぎっていた力が、勝手に口からほとばしってきたのだ。

「みんなのタイムだって負けてないでしょ。だからここに来てるんでしょ」

「そりゃそうだけど。めっ……」

言いかけた東平に挑《いど》むように一歩前に踏み出す。

ブロック。

「今まで自分がやってきたことを思い出してください」

「今までやってきたこと？」

東平から緩い返事が返ってきた。

レシーブ。

「そうです。やってきたことは全部自分の中にあります」

「自分の中に」

東平の答えはそのままネットを越え、うまい具合にトスになった。

「そうです。だから、」

心の中で咲良は高くジャンプする。上体をのけぞらせ、強く腕《うで》を振り下ろす。全身の力をこめて、
スパイクーッ。

「怖いことなんかないっ！」

「おおーっ」

みんなから歓声《かんせい》が上がった。

決まった。

咲良のパワーが伝わったのか、選手たちの表情が一変した。

「よし、行けっ！」

「はいっ！」

見計らったように先生が改めて入れた活《かつ》にも歯切れのよい返事が返ってきた。

「すごいじゃない」

微笑む直の顔が少し白っぽく見えて、咲良は両肩で息をついた。ワンセットを戦ったくらいに鼓動《こどう》が高鳴っていた。

咲良がへとへとになってしまった分、気持ちはうまく伝播《でんぱ》したのか、選手たちの調子は良かった。個人で１００メートルにエントリーしていた堂本と天野は、予選を順

調に通過し準決勝まで進んだ。準決勝は三組で行われ、タイム順に八名が決勝に進む。堂本は一組、天野は三組で走ることになっていた。

〝これから準決勝が始まります〟

〝せっかくの風を楽しんで〟

堂本が走る前に送ったラインのコメントには、すぐに由真から返事があったが、それは無理な話だ。なにしろタイムを計らなければならない。100メートルなんて一瞬だ。

「これより、男子100メートル準決勝を行います」

アナウンスがなされ、控え室から選手たちが入場してきた。控え室の中に入ってしまうと、様子が見えないので心配はしていたが、まず出てきた堂本は、いつもとさほど変わりはなくて咲良はひとまずほっとした。

風はほとんど感じられない。スタート地点に小さな吹き流しが設置してあるが、そよとも動いていなかった。

「オン　ユア　マーク」

すでにきき慣れたイントネーションが耳になじんで、咲良もストップウォッチを握りしめた。

「セット」

親指をボタンに乗せる。一瞬を握りしめているようだ。

パンッ。

ピストルの音のタイミングでボタンを押し、選手たちはいっせいにスタートした。

凝縮した時間がはじけた一瞬、風が生まれた。

ザザザザッ
トラックからは砂の音がきこえるはずもないのに摩擦音《まさつおん》が上がった気がした。選手たちが風を切っている。

ダダダダダッ。

迫ってくる。自分たちが起こした風に追いつき追い越す音が、咲良の胸の音と結びつく。自分の中にも今、風が生まれた。その瞬間、堂本の胸がゴールラインを切り、咲良はストップウォッチを押した。

10秒87
「あ、すごい」

のぞき込んだ直が息を呑んだ。堂本は自己ベストを出していた。着順も二位だ。

「すごいですね」

咲良は鼻息荒くうなずいた。堂本もすごいが、ちゃんと計測した自分もすごいと思った。風を感じながらも指はしっかり仕事をしたのだ。

続く天野はもっとすごかった。風を生み出すというよりも、天野が風そのものになったみたいだった。前傾姿勢から、上体を起こし、さらに風は強まった。ゴウゴウと響《ひび》く音はもはや咲良の体の中にはない風だった。

咲良はボタンを押さなかった。忘れたのではない。必要がなかったからだ。天野はひとりで走ってきた。もちろん、ほかに七人いたのだが、完璧に抜きんでていた。美しいほどに。公式タイムを示すデジタル表示は、天野のものだった。

「すごーいっ」

思わず呆《ほう》けたような声が出た。

「強かったね」

直は咲良の手元を見てもとがめず、淡々《たんたん》と記録用紙に公式タイムを書きとった。

その後も天野の快進撃は続いた。好調を維持して臨んだ翌日の決勝で、またも自己記録を出したのだ。惜しくも山科には及ばなかったが、走りの強さでは負けていなかったと思う。これまでに見たことのない、殺気にも似た勢いがあった。実際、もう少しでタイムも追いつきそうだった。

「竜巻《たつまき》だー！」

天野の走りに、咲良は吹き飛ばされそうになった。

一方、堂本は惜しくも入賞を逃してしまった。決勝のあと、いかにも悔《くや》しそうにしていた堂本だが、しばらくすると表情が戻っていたのは、由真とのやりとりがあったからだろう。


そして午後。いよいよリレー。青嵐学園陸上部が心血を注いで練習してきた種目だ。リレーは、陸上競技の中でもメンタルがものを言う。わずかのバトン渡しのブレがロスを積み重ねてしまうからだ。そのためにはチームワークがなにより重要だ。「天野、堂本、東平、山下、大黒」

大熊先生はひとり一人の名前を呼んだ。補欠に回った大黒もしっかりとうなずく。

「相手をしっかり見ていけ」

「はいっ」

あっけないくらいのアドバイスだったが、選手たちには充分なのだ。最終的に信じるものがしっかりとわかっているからだろう。自分と、相手。つまりチーム。

陸上のことは門外漢《もんがいかん》だった咲良だが、三か月間選手のそばにいて、さらには由真のノートや専門書で学んだことは、やってきたバレーとよく似ていた。どのスポーツも、形態は違っても軸は同じだと知った。

同じ目標に向かっているとき、自分が感じるように相手も感じている。一生懸命《いっしょうけんめい》やってきたなら、相手を信じられるように、自分を信じられる。そしてそれは、実際にプレーをするしないにはかかわらない。

咲良は選手たちを見た。もちろん大黒も。大熊先生も見て、直も見る。由真の顔も思い出す。そして自分の胸に手を当てた。

この胸の静かな高鳴りと同じ鼓動《こどう》をみんなが感じているのだろうと思う。やれる。

思いがすんなり湧き上がった。予感というより、確信に近かった。

咲良の確信通り、青嵐学園陸上部は決勝に残った。

「ただいまより、4×100男子リレーを行います。第一レーン……」

選手紹介のアナウンスがされて、それぞれが位置についた。

一走の天野が、ブロックに足を乗せる。いつしか、スタジアムのざわめきが静まっていた。

「オン　ユア　マーク」

静かになった空気がぎゅっと凝縮される中、視線がトラックに集まる。恐ろしいほどの無音。

「セット」

静寂《せいじゃく》。

まるで世界が消滅《しょうめつ》してしまったかのようだ。グラウンドのいっさいの空気が停止した。

そして。まばたきの音さえきこえてきそうな次の瞬間、
パンッ。

風が起こった。

……あっ？

16

〝青嵐学園陸上部、4×100リレーインターハイ出場！〟

その日の地元テレビニュースで伝えられ、次の日の朝刊にも見出しが躍《おど》った。結果はからくも六位入賞ではあったが、もちろん、選手たちは喜んだし、試合後に迎えてくれた学校の先生たちもたたえてくれた。咲良《さくら》も大熊《おおくま》先生や直《なお》と喜びを分かち合った。由真《ゆま》にすぐに知らせた。天野《あまの》の個人での出場と合わせて、大快挙《だいかいきょ》だ。

インターハイに向けて、次の日からさっそく練習は再開された。

その日咲良はいち早くグラウンドに向かった。喜びと期待をパワーに変えた部員たちが待ちきれないようにグラウンドへ飛び出してきた。

その様子に咲良は視線を注いだ。心の中で、ほんのわずかな疑問が頭を持ち上げていたからだ。素早く疑問の対象を探す。

いた。

咲良の目が捕らえたのは天野だった。ざっと全身を確認するが、特に変わったところはないようだった。少し近づいて、右足に目を凝《こ》らす。

「なに？」

天野が首をかしげる。顔が少し険《けわ》しいのは、咲良の視線がぶしつけだったからだろうか。そうならいいと、短く願う。

「いいえ、特に」

咲良が小さく首を振ると、天野はそれ以上はなにも言わず、アップに戻った。その足取りはいつになく神経質な気がする。

インターハイに向けての緊張《きんちょう》だといいのだけれど。

咲良が天野の様子に違和感を持ったのは、ブロック大会のリレーの決勝のときだった。一走の天野はよいスタートを切った。天野は、個人の試合から調子を上げていた。特に個人決勝の走りは圧巻で、一時はあの山科高貴《やましなこうき》をも、しのいだかと思わせるものだった。

リレーのために、ミックスゾーンから出てきた顔も、引きしまっていた。最後のリレーの決勝にすべてをかけるという意気込みがみなぎっていた。青嵐学園は二レーンだった。

思いを炸裂させるようにスタートを切った天野は、まさにロケットのように飛び出した。その後もぐんぐん加速し、三レーンの選手に迫らんとしていた。だからオーバーテークゾーンでのほんの一瞬の足の乱れは、勢いがつきすぎていたからだけなのかもしれない。もちろんバトン渡しには問題はなく、続く堂本《どうもと》も会心の走りのままつないだ。力んでいたのか東平《ひがしだいら》は少し遅れて順位を落としたが、アンカーの山下が粘《ねば》って前の選手にくらいつき、ほぼ同時にゴールにもつれ込んだ。

「わーっ」

と咲良が直と手を取り合ったのは、正式タイムが発表されてからだ。青嵐学園の名前は六位の欄に表示された。

その間、天野がどんな顔をしていたのか、咲良は確かめていなかった。きっと、咲良たちと同じように、仲間の走りに注目していたに違いない。けれども、その顔は痛《いた》みにゆがんでいたのかもしれないと、あとから思った。

しかし、実際に見たときの天野は笑顔で、仲間たちと喜びを分かち合っていた。ぎりぎりの入賞ではあったが、インターハイの切符はもぎ取ったのだ。

今、目の前で、入念に体をほぐす天野を咲良は注意深く見る。気にしてしまうと、やはり右足の調子が良くないのではないかと疑念《ぎねん》を抱《いだ》いてしまう。シップを貼《は》っているわけでも、テーピングをしているわけでもない。けれどもなんとなく、痛みをかばっているような気がした。

スポーツ選手には、痛みやけががつき物で、慣れている分、神経質だとも言える。

人に知られることに対しては特に神経質になる選手もいる。咲良もそうだったからよくわかる。筋肉痛は日常的で、あちこちの筋《すじ》を痛めることもあったし、足の小指にひびが入ったこともある。けれども咲良はなに気ないふりを装った。チームメートに気をつかわせるのは嫌だったし、弱みを見せたくもなかった。なによりせっかくとったレギュラーをけがのせいで手放したくはなかった。おかげで、痛みの出ないような体の使い方をずいぶん覚えた。動きは少しぎこちなくなるが、痛そうな顔をするよりはましだった。

ギャロップという、もも上げストレッチをしている天野の右足の着地が、少し柔らかい。どこかに触らないための動きのように見えた。

天野はこの日、二度ほど軽く流しただけで、練習を終えた。

ミーティング中、咲良はついつい天野ばかりを見てしまっていたが、天野からの視線は返ってこなかった。それどころか天野は、

俺を見るな。

と言わんばかりに、わざとそっぽを向いていたような気がする。

「芳賀《はが》さん」

咲良が意外な名前で呼び止められたのは、ブロック大会からしばらくたった頃のことだった。荷物を持って、マネージャー室から出てきたところですれ違いざまに呼ばれた。最初は足を止めなかった。もちろん自分が呼ばれたとは思わなかったからだ。

「芳賀さんじゃない？」

しかし相手は追いかけてきた。見慣れないジャージ姿の女子だ。よその学校の生徒らしかった。期末テストが終わってから、校内では練習試合でやってくる他校の生徒を見かけることが多くなっていた。気にも留《と》めず歩き去ろうとした咲良だったが、次の呼びかけには足を止めざるをえなかった。

「芳賀さんじゃなかったっけ。ハガサク」

ハガサク？

振り返ると、

「ああ、やっぱり芳賀さんだ。わあ、青嵐《せいらん》だったんだ」

相手はにっこりと笑った。知らない顔だった。

「千中《せんちゅう》にいたでしょ？」

確かめられてうなずくと、相手は笑顔のまま近づいてきた。

「私、同じ市内の吉野《よしの》中学校のバレー部だったの。吉野中学校の原沢《はらさわ》めぐみ。吉中はあんまり強くなかったから、たぶん知らないと思うけど、芳賀さんのことは知ってる。

千中のハガサクっていったら、有名だったから」

「えっと、芳賀じゃないんだけどね。私、湯田咲良《ゆださくら》」

多くは語らなかったが、名前の訂正だけはしておく。

「今日は、練習試合？」

続けてたずねると、原沢は不思議そうな顔をした。

「そう、だけど」

表情のわけには察しがついた。だから言った。

「私、もうバレーやってないのよ」

言葉にはされなかった疑問に答えるように。

「ええーっ、意外！」

案の定、原沢は驚きの声を上げた。

「やってると思ってた。シューコからね、M市に引っ越したってきいていたから、ネットとかでもチェックしてたんだよ。あ、でもそもそも名前が違ってたか、てか、やってないんだ」

原沢は混乱したように首をかしげた。それよりも咲良は違う点に反応した。

「シューコ？」

「うん。千中のマネージャーだったでしょ。シューコ、うちの学校でもマネージャーやってるの。澄川《すみかわ》高校」

相手はユニフォームの胸の部分を示した。赤い字でＳＵＭＩＫＡＷＡとロゴが入っている。

「そう、なんだ」

予期せぬ名前に動揺《どうよう》してしまった心を、とどめのような言葉が刺した。

「今日も来てるよ、シューコ。あ、そうだ。一緒に行こう」

なかなか強引な性格らしい。原沢は咲良の腕をとり、「こっち、こっち」と引っ張った。

「えっと、あの」

心はもう動揺の域《いき》を超えて、ちりぢりにかき乱れ、好き勝手に動き出していた。

会いたくない、急いでいる、逃げたい、ここから消えたい……。

けれども原沢は、声を弾ませる。

「シューコ喜ぶよ、きっと」

「喜ばない……」

とっさに出かけた言葉を途中で切ったのは、さらに思いがけない言葉が続いたからだ。

「ハガサクのこと、しょっちゅう言ってるもん」

「え？　そうなの？」

「うん。よく名前出るよ。打ってよし、とってよしの伝説のハガサクだよ」

悪口かもと思いかけたが、それにしては、原沢は上機嫌《じょうきげん》だった。仲の悪い二人をわざと引き合わせて、反応を見ようなどという、悪趣味なはかりごとを企てているようには見えなかった。純粋《じゅんすい》に、シューコを喜ばせようとしているようだった。それがわかって咲良はやっと腕に込めていた拒絶《きょぜつ》の力を抜いた。

第一体育館の前まで来ると、「ちょっと待っててね」と言い置いて、相手はシューズを脱いで中に駆け込んだ。

まじで？

置き去りにされたとたん、咲良の足は震《ふる》え出した。これまで原沢に支えられていたから保っていられたらしい心が、またそわそわとうごめき始めた。心臓《しんぞう》が激しく打ち出して息苦しい。

「お待たせ」

やがて、原沢が現れた。隣《となり》には、いた。シューコだった。顔も髪型《かみがた》もまったく変わっていなかった。

原沢は簡単にいきさつを説明したのち、アップを始めるために体育館に戻り、咲良はシューコと二人になった。立ち話もなんだからと、咲良は大黒スポットのあたりにいざなった。

「これなに？」

楕円形《だえんけい》にへこんだ大黒スポットを見つけたシューコは怪訝《けげん》な顔をしたが、

「気にしないで」

と言う咲良にうなずき、少しずれたところに座った。咲良も穴とは反対側のシューコの隣に座った。

「びっくりしたよ」

なんと切り出していいのか、ともかく咲良は素直に言った。

「私も」

シューコも同感だったようだ。うなずきながらシューコは、咲良の全身をざっと眺《なが》めてからたずねた。

「バレーやってないんだね」

「うん、やってない」

二度目の質問なので、落ち着いて答えることができた。

「シューコは高校でもマネージャーやってるんだね」

「うん。先輩からまた引っ張られちゃって」

シューコの入学を知った一年上の中学校の先輩がくどきに来たのだという。

「本当は、弓道《きゅうどう》とかも考えたんだけど」

シューコは苦笑しながら言った。咲良の胸は少しうずく。本当は自分のせいでバレーから離れたかったのではないか、と、ちらりとかすめたからだ。

「弓道ならみんな初心者だろうし、コスチュームが素敵だし」

続いたシューコの説明は、咲良の心配を完全には払拭《ふっしょく》しなかったが、シューコもまた同じことを考えているのかもしれない。その証拠に表情が少し曇《くも》っている。

「咲良はなにやってるの？」

「マ、……マネージャー」

一瞬、言い淀んでから言うと、シューコは目をまん丸にした。

「マネージャー？」

方だった。

「意外でしょ」

どこか自虐的《じぎゃくてき》になった咲良に、シューコは首を振った。案外きっぱりとした振り

「ううん。マネージャー楽しいでしょ？」

同志を得たかのような喜びようだった。

「うん。楽しい」

だから咲良も正直にうなずいたが、そこでシューコは初めて心配そうな顔になった。

「もしかして、あのけがが原因でバレーできなくなったの？」

「けがって、ここの？」

一瞬、どのけがかと考えたが、咲良が持ち上げたひじにシューコはうなずいた。

「違うよ。これは大したことなかったもん」

咲良は激しくひじの伸縮運動をしてみせた。

たしかにバレー部を辞めるきっかけにはなったが、続けるのに致命的なけがではなかった。それよりもあのときは心の方が痛かったのだ。自分のせいで大舞台で負けたこと。それをシューコのせいにしたこと。けれどもシューコは本当に心配してくれていたようだった。

「よかった〜。咲良は大したことないって言ってたけど、本当はひどかったんじゃないかって心配してたんだよ。咲良って辛抱強いから」

シューコはすっきりしたように笑い、続けてたずねた。

「バレー部の？」

「ううん。陸上部。男子の短距離」

さすがにそれは想定外だったのか、不思議そうな顔になったが、その顔には「男狙いだな」とは書いてなかった。それどころか、

「わかる。だって咲良、鬼《おに》ごっこも強かったもん」

と、楽しい記憶さえ掘り起こしてくれた。そういえば部活終わりに、鬼ごっこが流《は》行《や》った時期があった。くたくたになるまで練習をしたあとにもかかわらず、体育館から更衣室《こういしつ》までの間を、鬼ごっこをしながら帰っていたのだ。足の速い咲良が鬼になるとみんな震え上がったものだ。

すっと胸が軽くなった。

「陸上、面白いよ。一瞬の爽快感《そうかいかん》がとっても気持ちいい」

自然と声も弾んだ。

「ああ、なんかハガサクっぽい。思いっきりがいい感じ」

「そう？」
咲良の軽くなったはずの胸には甘酸《あまず》っぱい気持ちもこみ上げてきた。そうだ、シュ
ーコにはこんなところがあった。人のことをまずは受け止めてくれる。だが、正直に
言うとそういうところが、咲良は苦手でもあった。白けてしまうのだ。「わかりもし
ないのに、適当なこと言わないで」という気持ちになっていたのだ。わかったような
顔をするシューコを偽善的《ぎぜんてき》だとさえ思っていた。
「うん、咲良って瞬発力あるもんね」
でも今は、そんなシューコの言葉が素直にうれしかった。
「ありがと」
咲良の口からは素直にお礼の言葉が出た。
甘えていたんだな、と、思う。なんでも受け止めようとするシューコに。だからき
つい言葉を投げつけた。負けたことを一緒に悲しんでくれるシューコのせいにした。
怖《こわ》かったんだとも思う。自分は、誰かに気持ちを握《にぎ》られるのは嫌《いや》だったのだ。人を
信じるのが怖かったから、自分を投げ出せなかったのだ。シューコは見た目も言動も、
二年前とほとんど変わってないと思えるのに、咲良の心にすんなりしみた。それが恥《は》
ずかしくて、わざと咲良は声のトーンを上げた。

「マネージャーもなかなか大変だね。こっちは選手と一緒に闘ってるつもりでも、ウザがられたりするし」

「そうだね。出した結果をかぶるのは、結局選手本人だしね。私たちの気持ちが届かないこともある。もどかしいね」

シューコもそこは悩ましい点なのか、答えあぐねるように指先を見つめた。シューコの爪《つめ》は、短く切りそろえられている。あの頃も、爪《つめ》が伸びていては、ボールの感覚が狂うと大げさなことを言って、こまめに切っていたが、今も当時のままのようだ。

「中学校のとき、シューコは、どうしてマネージャーになったの？　コーチから頼まれたからっていうのは知ってるけど」

ふと、基本的な疑問が口をついた。高校生になった今でもバレーにかかわっているほどだから、本当は実際にやりたかったのではないだろうか。

「私、頼まれたんじゃないよ」

だが、シューコが言った。

「コーチから頼まれる前に、自分で志願したの」

「へえ、そうだったんだ」

少し意外な気がした。レベルに達しない人たちがどんどん辞めていく中でシューコが残ったのは、いつかは自分もプレーがしたかったからだと咲良は思っていた。が、シューコはさらに思いもよらないことを言った。

「千中ではレギュラーにはなれないと思ったからね」

「……」

「だって、全国大会の常連だよ？」

シューコは心の中を正確に検証するみたいに、ゆっくりと言った。

「じゃあ、高校でまたやってもよかったんじゃない？」

「私、マネージャーの方が向いてるの」

「……、シューコはよく気がつくもんね」

つい自嘲的《じちょうてき》な言い方になってしまったのは、咲良は自分のマネージャーぶりに我《われ》ながらあきれているからだった。直からも試合のたびに、なにかしらの注意を受けている。計測忘ればかりでなく、タオルを間違えて渡すこともしばしばだ。保冷用の氷を忘れて、ぬるいままのドリンクを出したこともある。

中学校の頃はそんなことはなかった。今思うと、万事シューコのおかげだ。シューコは失敗しないのはもちろん、試合の合間のタオルの渡し方やスポーツドリンクの回収もいつも的確だった。一度など咲良が遠征先に忘れた傘《かさ》を、シューコが届けてくれたことがある。ゲーム中に雨がやんで気楽に帰ったあとで、最終確認をしてくれたシューコが、気がついてくれたのだった。

「気がつくっていうか、選手たちがゲームに一生懸命な分、見えてないものが見えるだけなんだけど」

シューコは言葉を切って少し考えたあと、顔を上げた。

「それにマネージャーの方が楽しい」

シューコは言いなおした自分の言葉に納得するようにうなずいた。

「そう、選手だった頃より、マネージャーになってからの方がずっと楽しいんだよね」

「そうなの？」

「うん。やっているときは、いっぱいいっぱいだった。ミスばっかしてたから、練習でも足手まといなのはわかってたし。なのに試合に出られないのは悔しくて素直に喜べなかった。でもマネージャーの役割があれば、純粋に応援できる。ちょっと無責任だけど」

シューコは少し肩をすくめた。

「それわかる」

咲良は否定しなかった。目の前で初めて短距離を見たときのまっさらな感動は忘れられない。走っていない自分の体まで、一気にゴールまで持っていかれたような気がした。負けたレースだったにもかかわらず、爽快だった。

「不思議な一体感だよね。自分はやらないのに」

「そうなのよ、そう」

あのときのことを思い出した咲良に、シューコも大きくうなずいた。

「でも選手たちには勝って欲しいと思う。勝った方が気持ちいいことも知ってるから。だからそのために手助けしたいんだよね」

選手の気持ちがわかっているのは、シューコの気持ちがプレーヤーだったからだ。

「だよね」

同じくプレーヤーだった咲良にもわかる。闘っている以上は勝ちたい。

あのとき勝っていたら。

胸を暗い記憶がよぎった。全国大会の準決勝で自分が自滅《じめつ》しなければ、自分はバレーを辞めてなかったかもしれない。シューコも傷つけなかっただろう。

「ごめんね、シューコ」

準備をしていなかった言葉が、ぽろりと口からこぼれ出た。だが、シューコは答えなかった。

「頑張ろうね、私たちも」

自分を励ますようにも言った。咲良の声がきこえなかったのではないだろう。さりげなく流してくれたのだ。胸がすっと軽くなる。

「咲良らしくやればいいんだよ」

シューコは自分の両目の幅分に広げた両手を、まっすぐに伸ばして狭い視界を作ってみせた。

「これはこれでいいとこあるんだから」

「さすがにこれじゃだめでしょ」

咲良も同じように狭い手の幅を遠くまで伸ばしてみる。思わず、あっと、声が出そうになった。

それは陸上のコースによく似ていた。スタート地点に立った選手たちは、ゴールしか見ていない。マネージャーももちろん目指すところは同じだ。けれども選手の背後に立つマネジャーの視界には選手もコースもすべて丸ごと入っている。

「ありがと、シューコ」

咲良は叫《さけ》んで駆け出した。

17

シューコと別れて咲良《さくら》はグラウンドに走っていった。途中で、先を歩いていた大熊《おおくま》先生を追い越して、ぐいぐいスピードを上げる。

「おっ、張り切ってるなー」

大熊先生の呑気《のんき》な声を振り切りつつ、公園の階段を駆け上った。

「遅れてすみませーん」

グラウンドに響《ひび》き渡るような咲良の声に部員たちの視線が集まった。部員はアップを終え、それぞれのポジションにつこうとしているところだった。

「天野《あまの》先輩、待ってくださーい」

咲良は第一走の天野に勢いのまま駆け寄った。

やっぱり止めなければ。

それしか思いつかなかったのだ。無理をすれば天野の脚は取り返しがつかなくなるかもしれない。

「なによ、咲良ちゃーん」

あたふたと近寄ってきた咲良に、天野はいつもの調子だった。

「さあ、本気出すかってときに」

「先輩、足、大丈夫ですか」

さすがに極力声は抑えたつもりだ。だが、天野はぎくっとしたような顔になった。

「気づかれてたか」

「はい。今日はまだ休んだ方がいいです」

素早く言って、天野の腕を引っ張った。

「おーい、大黒頼むわー」

引っ張られながら、天野は大黒を呼び、バトンを渡した。

「咲良ちゃんが大事な話があんだって。マジ照れるわ」

チャラッと言う天野を咲良はグラウンドのはじっこに連れていった。

「足、どれくらい悪いんですか？」

咲良の問いかけに天野はうるさそうに眉をひそめたものの、

「いつから気づいてた？」

と問い返した。

「ブロック大会のリレーの決勝のときです。バトンを渡すときに、ちょっと詰《つ》まった気がしたから」

「……」

天野は少し黙ったのち、にっと口のはじをゆがめた。

「さすが、と、言いたいけど甘いな」

「え？」

咲良は首をかしげたが、続いた言葉はさらに驚くものだった。

「だって俺が異変を感じたの、100の決勝の前だもん」

「えーっ、神ってたじゃないですか」

ブロック大会での天野は、本当に調子が良かった。これまで咲良が見てきた中でいちばんの走りだったと思う。練習で出せない力が試合で出せるわけはないとはよく言われることだが、たまに、試合で思いもよらない結果が出ることがある。試合の緊《きん》張《ちょう》感《かん》とプレッシャーがいい具合に刺激となる場合だ。まさに神が舞い降りたという表現がぴったりで、あの日の天野がそうだった。

「そうだよ。自分でもびっくりした。山科《やましな》ぶったおすんじゃないかと思った。でも本当はブロックに足を置いたとき、くるぶしにちょっとした痛みが走ってたんだよね。前に捻挫《ねんざ》したことがあってたまに痛むんだよね」

「それであのタイムですか」

10秒77

「ああ、体なんか、だませばなんとかなんだよ。痛くても気がつかないふりをしてりゃ、丸めこめるんだって」

天野はうそぶいた。

「病院には？」

「接骨院《せっこついん》には行ってるよ。じいさまやばあさまに混じって電気当てたりしてるんだけどな」

少し顔をしかめたのは、思うように回復しないと言うことだろう。

「だましたまんま行こうと思ってたけど、ちょっと無理だったかな」

天野は遠くの空を見上げるようにして言った。

「しかたないか」

そして歩き出した。グラウンドに戻るのかと思ったら、逆の方向だ。公園の入口。ちょうどやってきた大熊先生に近寄ると、話をし始める。距離はあるが、先生の顔がにわかに曇《くも》ったのはわかった。天野から足の不調を告げられたのだろう。

その日のリレー練習は、通常通りに行われたが、終わりのミーティングで大熊先生が突然の発表をした。

「インターハイ、リレーは天野に代わって大黒《だいこく》」

「えっ」

大黒は目の前で風船でも割れたみたいな顔になった。ほかの部員もあっけにとられた顔をしている。

「なんでですか？　天野先輩めっちゃ調子がいいじゃないっすか」

いち早く東平《ひがしだいら》が声を上げた。

「そうですよ。ほかのやつならまだしも、天野はいちばんタイムがいいんですよ」

つい気色ばむ大黒に、堂本《どうもと》も続ける。

「それに天野先輩は三年生ですよ」

三年生にとっては高校生活最後の夏であり、部活の締めくくりだ。そのラストを悲願のインターハイで飾《かざ》れるとあって、確かに天野は張り切っていた。

それなのにどうして？　誰の胸にも同じ疑問が湧いているようだった。

「右足の古傷ちゃんがねえ」

興奮気味の部員たちをなだめるように、天野は右足に視線を落とし、ため息をついた。だがもちろん堂本は納得しない。

「え？　今日だって、大丈夫だったじゃないですか。まったく問題なかったですよ」

バトンを受け取る際に気がつくこともなかったらしい。

「そうだよ。足が痛いなんて気がつかなかったよ」

「ですよ。自分もぜんっぜん気がつきませんでした」

大黒が言うのに、東平は大声で同意し、山下もこくこくとうなずいた。だが、天野は言った。

「ところがひとり気がついた人がいたんだな」

すっと視線を咲良に流す。

「咲良ちゃんが気づいちゃったんだな」

みんなの視線が集まって、咲良はぎくっと肩をすぼませる。

そんな咲良を見て、天野はなぜか愉快そうに笑った。

「誰にも気づかれなければ、やり過ごせるかと思ったんだけど、わかっちゃったらしかたない」

「そうだな」

先生もうなずく。

「なんか、すみません」

咲良はかえって悪いことをしたような気になったが、天野は首を振った。

「咲良ちゃんがあやまることないっしょー。むしろよかったよ。無理したら将来にも影響があるかもしれないんだから。俺、この先も陸上続けるつもりだし」

気分を変えるように言う天野を、大熊先生は気づかうようにたずねた。

「じゃあ、個人も今回は見送るか？」

と、天野は即座に反応した。

「それは出ますっ！」

はね返すような声だった。

「走りたい。走らせてください」

一瞬、場が静まった。咲良も息を呑《の》み込んだ。

「山科に勝ちたいんだ。いや、勝てなくても一緒に走りたい」

絞り出すように天野は言った。みぞおちのあたりから、熱いものがこみ上げた。天野は山科と大好きな走りを共有したいのだ。咲良はあふれそうになる涙《なみだ》を必死にこらえた。同時に、天野の自己規制の厳しさにも気圧《けお》されそうになる。

真に痛いのはどっちだろう。脚と心と。

天野は本当はリレーにだって出たいのだ。

「すごかったね、咲良ちゃん」

マネージャー室で咲良は直《なお》から声をかけられた。

「天野くんの脚の不調によく気がついたね。あの人、絶好調だったのに」

直は素直に感心したようだった。咲良の頬は赤くなる。直からこんなにほめられたのは、初めてではないだろうか。

「私、クラスも一緒なのに、ぜんぜん気がつかなかった」

「天野先輩はちゃんと隠してたから、普通は気がつかないと思います」

言いながら咲良は、だから自分は気がついたのだと改めて思った。

「私はおんなじことしてたから、わかったんです」

ちょっとやそっとの痛みやけがは、周囲に悟られないようにする選手は少なくないが、咲良はその思いが強かった。相手には当然のこと、チームメートにさえ弱みを見せたくはなかった。余計な気づかいはいらないし、フォローが試合の邪魔《じゃま》になると思っていた。ともかく自分自身の力でやりとげたかった。大切なのはチームよりもまず、自分。

「だから、天野先輩はすごいな、と思いました」

咲良はまだ残る胸のうずきを感じながら言った。

あのとき。バレーの全国大会で、あっさりけがを認めて自分が引いていればせめてあの試合は勝てたかもしれない。痛みをこらえるあまり、体と心がぶれた自分よりも、戦える選手はほかにいただろう。でもそれよりも譲りたくない気持ちの方が強かった。

「リレーでなら、インターハイでメダルの可能性があるから、天野先輩だって本当はそれにかけてみたかったんだと思います」

「……そうだね」

直は少し黙ったのち、つぶやいた。咲良の意見に同意したというよりも、別のなにかを考えているような顔だった。


次の日から、新メンバーでの練習が始まった。メンバーの入れ替えに伴って、走者も入れ替えられることになった。

「一走、山下。二走。大黒。三走、東平。アンカー、堂本」

大熊先生から告げられた走順は、ブロック大会以降のタイムが反映されていた。これまでのタイムの速い順に逃げ切る作戦から、一走とアンカーに力点を置く作戦への変更だ。一走でこのところタイムを上げてきた山下が勢いをつけ、大黒がそれを保ち、カーブが得意な東平がつなぐ。アンカーは好タイムが安定している堂本。

練習はすぐに始まったものの、日を重ねてもなかなか軌道に乗らなかった。バトン渡しの相手が変わったせいだろうか、目に見えてぎこちない。

「やっぱり天野先輩を戻した方がいいんじゃないでしょうか」

見かねた咲良はこっそり直に相談したくらいだ。

「……そうだね」

直は思案気な表情を浮かべた。

「先生に言いましょう」

煮《に》え切らない直がもどかしくて、駆けだしそうになった咲良を、

「待って」

直は止めた。

「バトン渡しって言うよりも、全体のバランスが崩《くず》れている気がする。みんなちょっと、落ち着きがない感じ」

言葉を選びながら直は言った。

「そうですか」

咲良は改めて部員たちを見てみる。言われてみると確かに表情が硬い。ブロック大

会の前はもっと明るかった。それでいて試合に向けて収斂《しゅうれん》された力を感じた。

「ファイトッ」

咲良は叫んでみたが、部員たちに届く前に見えない壁《かべ》にぶつかって砕けているように感じた。やはり天野が抜けた不安やプレッシャーは大きかったみたいだ。

気がつかなかった方がよかったかも。

咲良は思わず唇をかみしめてしまう。自分さえ天野の脚の調子に気がつかなければ、少なくとも表向きは取りつくろえただろう。それどころか、なんとかやり過ごせたかもしれない。天野を柱にしたチームで入賞し、みんなで喜びを分かち合えたかもしれない。天野の脚もそれからの治療《ちりょう》で完治したかもしれない。

最高の結果が待っていたかもしれないのに。

次から次へと逃してしまった栄光の空想が湧き上がってきた。自分がしでかしてしまったことの愚かさに、胃袋が裏返りそうだった。

と、隣で直の声がした。

「助っ人を頼みましょう」

意を決したような声だった。

18

「由真《ゆま》さんっ」

しばらくたったある日、咲良《さくら》がマネージャー室に行くと、少し遅れて直《なお》がやってきた。由真と一緒だった。だいたい予測はついていたが、本当に来てくれるとは思わず、咲良は多少の驚《おどろ》きをもって迎えた。

「ライン、既読《きどく》スルーだったのはサプライズだったんですね」

「そ。ちょっと驚かせてみようと思ってね」

由真はいたずらっぽく笑った。ショートカットがすっきりとしていて、いかにも健康そうだ。とはいえ退院からそれほど日はたっていない。

「大丈夫なんですか？」

おずおずとたずねてみると、由真はなんてことないようにうなずいた。

「大丈夫。手加減するから」

由真が来るのはインターハイまでの一週間かつ、午前中の二時間だけ。それも疲れたら休む。練習中は走り回ったり大声を出したりは控えるので、その分は直と咲良がいつも通りにやって欲しいということだった。

「私にしても最後の一週間だから、戻れてとてもうれしい」

うきうきと笑う由真に、咲良もつられて笑いそうになったが、はっと我《われ》に返った。

最後の一週間。

まさにそうだ。三年生の由真と直にとっても、この夏が最後なのだ。

ということは。

「秋から短距離マネージャーは私ひとりってことですよね」

うっかり念を押してしまって、舌うちをしそうな気になった。

「そうね」

が、直は当たり前みたいに言った。

「大丈夫だって。インターハイに出たら有名になって、マネージャー希望者だって殺《さっ》到《とう》するって」

あぜんとしてしまった咲良の肩《かた》を、由真はぽーんと叩いた。そして、白いキャップをすっぽりとかぶり、

「さ、やるわよ」

マネージャー室を飛び出すように出て行った。

「そんなもんでしょうか」

直を見やると、

「強いものってやっぱり引力はあるわね」

とつぶやくように言って、自分が引っ張られるように由真に続いた。咲良も荷物を両手に抱えてマネージャー室を出た。


「ファイトーッ」

突然の大声にびっくりしたのは、アップを終えた選手たちがスパイクにはきかえて、グラウンドを流し始めたときだった。発信源は由真だった。これまでのたおやかなイメージとは真逆の野太い声だった。

「天野《あまの》ファイトッ」

「大黒《だいこく》ファイトッ」

しかも呼び捨てだ。

「東平《ひがしだいら》先輩ファイトッ」

「堂本《どうもと》先輩ファイトッ」

負けずに咲良も声出しをしたが、由真の迫力にはまるでかなわない。大声を出すのは控えると言っていたのは由真自身なのに、まったく平気そうだった。

咲良も負けじと声を張り上げる。

「山下ファイトッ」

咲良の絶叫《ぜっきょう》に由真の声が重なって、走っていた山下は、電流が体を走ったみたいにびくんと体を震わせた。

「由真先輩すごいですね」

思わず直に同意を求めると、直は自分がほめられたみたいに少し胸を張った。

「由真の声は強いのよ」

そういえば、自分が見込まれた理由を、「声がでかい」と言っていたことを咲良は思い出したが、とてもかなわない。由真が声をかけたとたん、選手たちの走りにも力が入った気がする。

「性格も強いけどね」

直は言い添《そ》えた。

「人を支えようって人は、まずは自分がしっかりしてないとだめでしょう」

「そう、ですね」

直の意見には納得したが、ドSの直が言うからには、どんなものだろう。

「でも、由真先輩手加減するっていいましたよね」

おずおずとたずねると、直はにやりと笑った。

「手加減してるよ」

「うわっ」

咲良は本気で震えてしまった。

とはいえ、由真の出現は部員たちによい刺激《しげき》をもたらせた。まだ少しちぐはぐなところはあるものの、日に日に力が戻ってきた。そして由真が戻って三日目には、新メンバーでの新記録が出た。バトンパスのミスもなかった。

「すごいですね、由真先輩」

「弱ったところには、一時的に強い薬を使うもんでしょ」

由真は自分の治療になぞらえて言ったのには妙な説得力があったが、なにより由真の楽しそうな顔と声が、雰囲気を変えたことは間違いない。直も笑顔が増えていたし、咲良の心配ごとも霧散《むさん》した。由真よりも大きな声を出し、その声が自分に返ってますますテンションが上がった。もちろん大熊先生の本気度もマックスだ。体重の方もこの一週間で700グラムやせ、目標体重を実現していた。

周りの空気が変わったのが先だったのか、自分たちのマインドの変化が先だったのか、いずれにせよ、由真の登場がカンフル剤になったのだ。

由真は自己コントロールもみごとで、そのあと一日を休み、また楽しそうな表情でやってきた。インターハイに出発する前日だった。

前日はさすがに念入りなストレッチと、流し練習に最終的なバトン渡しの確認にとどめられた。

最終確認をする部員たちを眺めながら、咲良は不思議な感覚にとらわれていた。いよいよという焦りもあるが、どこかがすとんと落ち着いてもいる。焦りも落ち着きも、選手のときとは少し違う。初めて感じるような温度の低いものだった。とはいえ物足りないのではない。どこか静かな心地良ささえあった。

「いよいよ明日出発ですね」

なんとなくしみじみとしてしまうと、

「うん、私の分まで大声出してきてね」

グラウンドを見やりながら由真が答えた。遠方で行われる試合まではついていけないから、由真にとっては今日が最後のサポートだ。

「うん、絶叫するよ」

咲良が答える前に直が答える。まるでイメージがわかないが、直は真剣な顔をしていた。

「よーし、ラスト一回」

大熊先生のどら声が響き、部員たちが位置についた。最後の流し練習が始まるようだ。

「オン　ユア　マーク」

ブロックに山下が両足を乗せる。

「セット」

フォームを固める。

旗の合図とともに山下は走りだした。風が足元から吹き上がる。右手にはバトン。握《にぎ》り込まれたバトンは、手にしっかりと納《おさ》まっている。山下は風を切る。大黒がスタートする。

「はいっ」

合図が響《ひび》き、バトンが渡る。また違う風が起こった。背の高い大黒の風が直線を切る。

「はいっ」

力強くバトンが渡る。東平に。確かな足取りとともに少し風はきつくなる。カーブをなぞって東平の背中を押していく。そのなめらかな風を堂本が待っていた。

「はいっ」

伸ばした手のひらにバトンは託され、堂本がスピードを上げる。最後の風は刃のようだった。鋭く切り裂くような走りが生み出すとがった風。まっすぐに、まっすぐに。スピードが上がるにしたがって、風はさらに研《と》ぎ澄《す》まされた。

そして。

「はいっ」

堂本の伸びた右手から天野にバトンが渡った。天野は受け取ったバトンを高らかに掲げ上げた。そのまま風をいざなうようにバトンを振り回した。

さーっと新たに強い風が立った。五人全員が走り出したのだ。涼《すず》やかでまぶしいばかりに光る風が吹いてくる。五人が生み出した風とともに走ってきた。由真と直と咲良のもとへ。

え？　なに？

戸惑《とまど》っていると、

「ストップ」

天野が号礼をかけた。風がぴたりとやんだ。部員が咲良たちの前に一列に並ぶ。

「気をつけ」

すっと全員の背筋が伸びたタイミングで、天野が短く太い声を張る。

「礼」

「ありがとうございました」

すぱっとそろった声とともに、五人の部員が最敬礼する。

咲良は一瞬目をぱちくりさせたが、すぐに頭を下げ返した。部員が全員で挨拶《あいさつ》に来てくれたのだ。

咲良も慌《あわ》ててお辞儀《じぎ》を返す。

「い、いえこちらこそ」

深々と下げた頭がなかなか上げられなかった。ただただ胸が温かくなってきた。マネージャーになってからのわずか三か月が、濃密《のうみつ》によみがえってきた。

直と由真に背中を支えられ、咲良はやっと頭を上げた。直も由真も笑っていた。先生も笑顔だ。選手たちも笑っていた。熱を秘めたいい笑顔だ。

咲良はひとり一人の表情を胸に収めつつ、両脚を踏ん張った。熱に呼応するように自分の胸にも湧《わ》き上がってくる力が咲良の体を支えているようだ。

咲良はこの力で、これから戦う部員たちを支えたいと思った。

明日、どんな風が吹くとしても。

参考文献

『朝原宣治の最速メソッド』朝原宣治　柑出版社
『うまくいかないときの心理術』古田敦也　ＰＨＰ研究所
『記録が伸びる！　陸上競技　メンタル強化メソッド』井村久美子　実業之日本社
『努力が結果につながらない人に気づいてほしいこと』加藤三彦　新潮社
『２時間で足が速くなる！』川本和久　ダイヤモンド社
『陸上競技入門ブック　短距離・リレー』土江寛裕　ベースボール・マガジン社

まはら三桃 Mahara Mito

1966年、福岡県北九州市生まれ。2005年、講談社児童文学新人賞佳作を受賞。主な著書に『カラフルな闇』『たまごを持つように』『おとうさんの手』『風味さんじゅうまる』『奮闘するたすく』(講談社)、『なみだの穴』(小峰書店)、『伝説のエンドーくん』『ひかり生まれるところ』(小学館)などがある。『鉄のしぶきがはねる』(講談社)で2011年度坪田譲治文学賞、第四回JBBY賞を受賞。『白をつなぐ』(小学館)は、第28回読書感想画中央コンクールの指定図書に。福岡市在住。鹿児島児童文学者の会「あしべ」同人。

疾風の女子マネ！

2018年6月4日　　初版第1刷発行

著　者　まはら三桃

発行者　塚原伸郎

発行所　株式会社 小学館

〒101-8001 東京都千代田区一ツ橋2-3-1
電話　編集 03-3230-5628
　　　販売 03-5281-3555

印刷所　共同印刷株式会社

製本所　株式会社若林製本工場

　ISBN978-4-09-289762-5

制作／直居裕子　資材／斉藤陽子　販売／筆谷利佳子
宣伝／綾部千恵　編集／香藤裕紀